Jonas Janson

Herz/Medizin

Romandilogie

Jonas Janson

Herz/Medizin

Romandilogie

Bibliografische Information der Deutschen Bibliothek:
Die Deutsche Bibliothek verzeichnet diese Publikation in der
Deutschen Nationalbibliografie; detaillierte bibliografische
Daten sind im Internet unter *http://dnb.ddb.de* abrufbar.

Impressum
© 2017 Jonas Janson
Satz, Layout und Umschlaggestaltung:
    Keysselitz Deutschland GmbH, München
Umschlagabbildung:
    L. Jonasson
Herstellung und Verlag:
    BoD - Books on Demand, Norderstedt
ISBN 978-3-7431-5009-6

Die Ereignisse dieser Erzählungen sind frei erfunden. Ähnlichkeiten mit lebenden Personen sind zufällig und bedeutungslos.

Um zu wissen

Alles, was lange währt, ist leise

(J. Ringelnatz)

Es war in jener Sommernacht des Jahres 2008, als ich mich endgültig entschloss, seine Geschichte zu erzählen.

Zwar ist im Umfeld des Bekanntenkreises ein literarisches Portrait problematisch, weil es Dinge zutage bringt, die auch dem kritischsten Blick eines Außenstehenden verborgen bleiben. Aber vor dem Hintergrund der klassischen Maxime, dass alles Vergängliche nur ein Gleichnis sei und das Individuelle sich im Strom der Zeit unwiederbringlich ins nicht mehr Abgrenzbare auflöst, ist es wohl zulässig, das vergänglich Individuelle aufzugreifen und an ihm exemplarisch das Allgemeinmenschliche herauszuarbeiten. Insbesondere dann, wenn es sich, wie im Falle des Pankraz Hörmann, um eine bizarre Traumfigur voll gegensätzlichster Charaktereigenschaften handelt, vorzüglich ausgestattet mit einer instinktiven, fast bestialisch zu nennenden sozialen Intelligenz und mit Spott gegen das zauderhaft Kunktatorische, selbst wenn es sich auf ethische Grundlagen berufen will.

Ein komplexes menschliches Geschöpf also, unser Pankraz Hörmann. Man weiß nicht, ob man ihn schätzen oder verabscheuen soll, das hängt von der Perzeption des Gegenübers ab wie eigentlich alles in dieser merkwürdigen Welt. Ziel unserer Schilderung ist es, dass jeder sich ein eigenes Urteil bilden möge. Ich weiß nicht, ob es gelingt. Dennoch: Das im sechsten Jahrzehnt befindliche Leben dieses Mannes wendet sich langsam seinem Ende zu. Es wird also Zeit, die Eindrücke einzufangen, bevor sie verwässern …

Seinen Vater mochte er, obwohl der trank und die Kinder schlug.

Abends kam der Vater zurück in das hölzerne Haus im Wald, erschöpft von einer primitiven körperlichen Arbeit, traurig und unzufrieden mit seinem Leben. Er setzte sich an den hölzernen Tisch in der Mitte des Raumes, und die drei Söhne gruppierten sich um ihn herum. Seine Frau, ihrer aller Mutter, eine dicke, ländliche Frau, kochte ihm das Abendessen und brachte das Bier. Wenn einer der Söhne, die Hubertus, Pankraz und (nach ihrem Großvater) Titus hießen, sich unnötig bewegte oder unnötig sprach, dann schlug er zu. Die Schläge wurden härter mit jedem Bier. Pankraz war der klügste der Brüder, des Vaters Liebling. Er hatte den Vater aufmerksam studiert, las jede der Launen an den grauen Gesichtszügen ab, und er wurde seltener geschlagen. Seine wasserblauen, von dunklen Brauen umrahmten Augen betrachteten den trinkenden Mann mit strategischem Interesse, sie betrachteten ihn mit ebenso viel kindlicher Neugier wie mit reifer Melancholie, sie lasen in dem ihm so nahe verwandten Mann wie in einem offenen Buch, lasen unverhohlen und beinahe genussvoll den Roman eines gescheiterten Lebens. Obwohl der Vater die seltsamen wasserblauen Augen spürte, obwohl er die berechnende Kraft dieses Blickes instinktiv empfand, liebte er seinen Sohn sehr. Pankraz würde, so wusste er, anders leben als er selbst, er würde sich befreien aus Umklammerung und quetschender Enge des Eifeler Hinterlandes, er würde nicht am Abend nach Hause kommen und über die vertanen Chancen seines kleinen Lebens nachdenken, er nicht, Pankraz nicht. Er würde sich durchsetzen: Pankraz mit »P« – wie »Power«.

Eines Tages verbrannte der Vater in der Scheune. Er hatte zu viel getrunken. Die Kerze, mit der er die Scheune ausleuchten wollte, fiel in das trockene Heu. Der zehnjährige Pankraz bewunderte zunächst das gewaltige Feuer und stand nachher vor der verkohlten Leiche und dachte über das Leben nach. Es war kurz und hart. Die einen gewannen, die anderen verloren, sein Vater hatte verloren, so einfach waren die Zusammenhänge. Pankraz weinte im Angesicht der schwarzen Leiche. Aber er weinte nach innen, er weinte ohne Tränen, und er weinte mehr über das Phänomen des Trinkers, über das Phänomen des Versagens an sich als über den Vater selbst, er weinte über die Niederlage viel mehr als über den Verlust.

Pankraz, dessen Intelligenz in der Schule schnell sichtbar geworden war, wurde nach dem Tode des Vaters vom Pfarrer des Dorfes in ein klösterliches Internat geschickt. Das war seine Chance, der erste große und entscheidende Schritt seines Lebens. Plötzlich saß er in einer Schulklasse, in der die Jungen auf eine gymnasiale und akademische Laufbahn vorbereitet wurden. Plötzlich zählte er zu einem elitären Kreis von Kindern, für die eine Zukunft bestimmt war, die außerhalb des Traktorfahrens und der Kartoffelernte lag. Ja, der Eintritt ins Internat war für Pankraz das Öffnen der Himmelspforte, der Weg in ein intellektuelles Paradies, das seinem Ehrgeiz und seinem Verstand Raum für Tätigkeit und Entfaltung lieferte. Natürlich war das Gymnasium eine jesuitische Gründung, und Pankraz wurde der Zielsetzung seines Aufenthaltes hier sehr schnell gewahr. Aber er besaß einen enormen Instinkt für taktisches Vorgehen, und er wusste bereits als zehnjähriger Junge, dass ihn am Ende seiner schulischen Laufbahn niemand zum Priesterdasein zwingen konnte. Er musste nicht erst lernen, dass die letztendlich nicht eingehaltene, aber konstant aufrechterhaltene Versprechung eine probate Überlebenstaktik war. Instinktiv, ohne wirkliche Bewusstwerdung, bestätigte er seine jesuitischen Lehrer in dem Glauben, der Ordensgemeinschaft ein lebenslanger Diener zu werden, während in seinem Inneren Absprung und Trennung zu gegebener Zeit längst beschlossene Sache war.

Über die Fairness dieses Vorgehens dachte Pankraz wenig nach. Er selbst wurde vom Leben auch nicht immer fair behandelt, und am Ende des Tages war das Maß aller Dinge nicht, wie man seine Ziele erreichte, sondern ob man sie erreichte. »Der

Zweck heiligt die Mittel« – das war die unzweifelhafte Realität des Lebens. Pankraz strebte seiner persönlichen Bestimmung entgegen, und keine zaudernde Erwägung der Welt sollte ihre Erfüllung behindern.

Was war seine Bestimmung? Er hätte es zum damaligen Zeitpunkt nicht zu sagen vermocht.

Pankraz präsentierte sich in der Schule als ein kluges Kind, als ein sehr guter Schüler. Besonders in den Fächern Deutsch, Latein und Mathematik waren seine Leistungen ausgezeichnet. Und doch – wie immer und überall im Leben – gab es einen Besseren. Er hieß Gregor und war ein hübscher Junge aus einer wohlhabenden Familie. Gregor hatte sozusagen alles das, was Pankraz nicht hatte: Während Pankraz arm war, von hemdsärmeliger, bäuerischer Statur, und seine dünnen, dunkelblonden Haare glatt in die gewölbte Stirn hingen, war Gregor wohlhabend, feingliedrig, nobel und lockig. Oftmals stand Pankraz unauffällig und unscheinbar in einer Ecke, und seine schönen, seltsam wasserblauen Augen betrachteten Gregor aus der Tiefe des Raumes: Gregor – diesen blondlockigen Jungen, dem die Lehrer zulächelten und über den Kopf streichelten und den sie wegen seiner Schönheit ebenso sehr bevorzugten wie wegen seiner Intelligenz. Ihm fiel alles in den Schoß, alles flog ihm zu, während Pankraz kämpfen musste, während Pankraz langsam und mühsam die kleinen Puzzleteile der mitmenschlichen Sympathie aneinanderfügen musste, um mit dem strahlenden, begünstigten Gemüt seines Klassenkameraden einigermaßen mithalten zu können.

Auch die regelmäßig stattfindenden Besuche von Gregors Eltern, die immer nach demselben Schema abliefen, trafen den jungen Pankraz mitten ins Herz. Gregors Vater, ein gutaussehender, braunhaariger Arzt in den frühen Vierzigern, verließ einen schwarzen Mercedes und öffnete die Beifahrertür, aus der eine deutlich jüngere, blonde hübsche Frau ausstieg. Sie breitete die Arme aus, und Gregor, der das Auto bereits von seinem Zimmerfenster aus gesehen hatte, rannte aus der Eingangstür des Klosters in die süßen Arme seiner Mutter. Der Vater trat hinzu und legte die Hand auf Gregors Kopf. Pankraz beobachtete die Szene aus einem Fenster des oberen Stockwerkes, versteckt durch eine schräg zurückgezogene Gardine, und der Dorn der Eifersucht bohrte sich in sein Herz. Wo war sein eigener, wo war Pankraz' Vater? Er war versoffen, verbrannt und tot. Wo war der Mercedes, dem er entstieg? Er hatte nie existiert und würde nie existieren? Wo war seine eigene hübsche junge Mutter? Sie war dick, hässlich und allein mit seinen beiden Brüdern, die Landwirte werden würden, Holzfäller oder Busfahrer.

Gemäß der allgemeinmenschlichen Wahrheit, dass der Neid die stärkste Triebfeder des Hasses ist, begann Pankraz Hörmann tatsächlich, den jungen Gregor zu hassen. Er hasste den jungen, schönen Gregor – aber: er ließ es sich nicht anmerken. Auch in diesem Moment verließ ihn jener taktische Instinkt nicht, der ihm sozusagen in die Wiege gelegt oder in die Erbsubstanz geschnitten war, auch in diesem Moment verstand Pankraz, dass er seinen Neid sehr geschickt verbergen musste, denn ein Gegner war um so leichter zu besiegen, je weniger er sich der Gegnerschaft bewusst wurde. Das gab die Chance auf den Angriff aus der Deckung. Man musste einfach nur freundlich sein, zugeneigt lächeln – und warten.

Pankraz schloss also mit Gregor Freundschaft, er buhlte um den jungen Ganymed des Internates mit dem ihm möglichen Charme, mit szenischen Raffinement im gymnasialen Alltag, er lieh ihm seine Stifte, er hielt ihm die Tür auf, er hielt einen Platz frei, um neben ihm zu sitzen. Und Gregor ging dem raffinierten Eifeler Knaben ins Netz. Jaja, der vorzügliche Gregor glaubte die Komplimente und nahm die Aufmerksamkeiten des Pankraz Hörmann dankbar und arglos entgegen, er freute sich an der neu gewachsenen Pflanze der Freundschaft und an der offenbar vorbehaltlosen Anerkennung durch den Klassenkameraden. Gregor war zu jung, um Pankraz zu durchschauen, um seine Motive zu verstehen, denn seine Erziehung war anders verlaufen als die seines vermeintlichen Verehrers. In seinem Elternhaus hatte die Wahrhaftigkeit eine Bedeutung, war die Grundlage des Zusammenlebens, während der junge Pankraz bereits im Kindesalter die Brutalitäten und Falschheiten des zwischenmenschlichen Lebens ertragen und überstehen musste. Hier trafen zwei intelligente zehnjährige Knaben aufeinander, die diametral entgegengesetzte Charaktere verkörperten, Produkte der unterschiedlichsten Erziehung waren und die schon als Kinder vom Leben in ganz verschiedener Weise bedacht wurden.

Mit Interesse wird man ihrer beider Lebensweg weiterverfolgen, mit Interesse wird man beobachten, welcher der Knaben sozusagen die Nase vorne haben und sich durchsetzen wird. Man wird sich ein Urteil über die Frage bilden können, ob ein prosperierendes Elternhaus die Bewegungen im Leben vereinfacht oder ob das zu überwindende Halbwaisentum und das frühe »Sichdurchschlagen-Müssen« als Erfolgsrezepte über die Jahre überlegen sind. Man wird aber auch feststellen, dass es eine wirkliche Gesetzmäßigkeit der individuellen Lebensentwicklung nicht gibt, da sie von viel zu vielen Zufällen abhängt. Erziehung ist nur ein Einfluss unter vielen anderen – und natürlich gerät die eine Person durch das Halbwaisentum von einer akzeptablen Bahn ab, während die andere Person den frühen Verlust in eine ebenso frühe menschliche Reife umzusetzen weiß. Und natürlich wird die eine Person ein bilderbuchhaftes Elternhaus zu ihrem Vorteil nutzen, während die andere Person in diesem Elternhaus der Verweichlichung und Dekadenz zum Opfer fällt. Eine menschliche, liebevolle Erziehung wird allerdings in der überwiegenden Zahl der Fälle auch nachdenkliche und menschliche Charaktere hervorbringen, vielleicht auch zaudernde und träge, aber eben keine brutalen und skrupellosen, während die Auseinandersetzung mit Brutalität und Skrupellosigkeit im frühen Kindesalter durchaus brutale und skrupellose Menschen hervorzubringen vermag. Was also geschah mit Gregor und Pankraz?

Gregor und Pankraz wurden Freunde.

Erlebten sie eine Freundschaft, die vorbehaltlos, altruistisch und liebend war, eine Freundschaft der Märchen, der Abenteuerromane und der Lyrik, nach der Bürgschaft Schillers und der Blutsbrüderschaft Karl Mays? Realitätsfern und träumerisch? Oder erlebten sie die Freundschaft der Erwachsenen – realitätsnah und berechnend, verräterisch, eifersüchtig und falsch? Jedenfalls erlebten sie eine Freundschaft auf dem braunen Boden der Eifel – und auch wenn diese Freundschaft Gregor und Pankraz in ungleicher Weise miteinander verband, auch wenn Gregor sie als eine Freundschaft der Märchen und Pankraz sie als eine Freundschaft des Verrates gestaltete, so kroch sie den beiden Knaben doch in gleicher Weise tief unter die Haut. Denn sie war ihrer beider erste wirkliche Freundschaft, von Junge zu Junge, von Mann zu Mann. Gregor war stolz auf seinen Freund, und er war es nicht zuletzt deshalb, weil Pankraz sich abhob aus dem Kreise seiner sonstigen Kontaktpersonen, weil er jene Andersartigkeit in sich trug, jenes Spannungsfeld aus sozialer Schwäche und Durchsetzungswillen, das die Visionen und Träume generiert, den Drang zum Erfolg, den unbedingten Willen zum Sieg, der vor wenigen Grenzen wirklich Halt macht oder gar zurückschreckt.

Unvergessliche Erlebnisse: die erste Einladung Gregors bei Pankraz' Familie, Ellscheid, 200 Seelendorf irgendwo in den Höhenzügen der Eifel gelegen. Gregor lernte die Mutter kennen, jene korpulente ländliche Frau, die des Pankraz Vater bekocht und drei Söhne großgezogen hatte – und Gregor verstand kein einziges Wort. »Wat oss? Dou boss dem Bisalki seine? Dann jehn eisch jets hei rous«, kommentierte ein Ellscheider Bürger Gregors Besuch und Anwesenheit auf einem Dorffest, denn Gregors Vater, unschwer zu erkennen, hatte sich einen regionalen Ruf erworben, der ihm nicht nur Freundschaften, sondern auch viel Neid einbrachte.

Unvergessliche, prägende Erlebnisse, Prägung tatsächlich im Sinne der Biologie: die gemeinsame Silvesterfeier unter den kalten

Eifelsternen, am Lagerfeuer in einer Lavahöhle. Und wenn man nach draußen trat, dann schnitt der Nebel die sichtbare Erde in zwei Hälften, die obere, gestirnte, in die nur die Gipfel der Eifelberge ragten, und die untere, umnebelte, undurchdringliche, düster-melancholische. Diese Nacht war ein Sinnbild des Lebens, »manche freilich müssen drunten sterben«, die Sterne waren nur oben sichtbar. Die Natur lehrte ihren eigenen evolutionären Erzeugnissen die Gesetze ihrer selbst. Pankraz betrachtete seinen Freund mit seinen schönen, von dunklen Brauen umrahmten wasserblauen Augen, und tatsächlich lag eine Art Liebe in diesem Blick. Die Liebe zu einem Menschen, der bereichert und der das eigene Fortkommen unterstützt.

Gregor und Pankraz wurden unzertrennliche Freunde. Sie lasen vierzehnjährig gemeinsam die großen Werke der Weltliteratur, lasen bei Tee und Kerzenschein im Elternhause Gregors den »Faust«, jenes divine Erzeugnis der deutschen Literatur, jene übermenschliche Allegorie des Menschseins, medias in res, vom Guten, vom Bösen, von den Sehnsüchten, der Schönheit und dem undurchdringlichen Sinn des Daseins. Diese mit tiefem Humor untermalte Tragödie, von Zeit zu Zeit seh' ich den Alten gern und hüte mich, mit ihm zu brechen, mit tiefem Humor und ebenso tiefer Melancholie: Denn auch das Lied des Dichters ist nur ein anrührendes Sichaufbäumen im vorübergehenden Auftauchen aus dem unergründlichen Strom der Zeiten, ein anrührendes Ringen gegen das eherne Gesetz der gleichnishaften Vergänglichkeit. Wie klingt es rührend, wenn der Dichter singt, den Tod zu meiden, den das Scheiden bringt. Gregor verlor sich in diesen Versen, er sog sie in sich auf wie der trockene Sand den Regen, er sehnte sich nach der faustischen Erkenntnis der Welt, er verstand zutiefst, dass wir nichts wissen können, und sein Herz verbrannte in der umfassenden Wahrheit, dass das Schmachten nach den Quellen des Lebens ein ewig unerfüllbares Schmachten ist. Während Pankraz mit Interesse las, mit Neugier wohl – aber ohne jemals seine beobachtende Distanz aufzugeben, ohne jemals die Kontrolle zu verlieren, berauschte sich der vom Leben verwöhnte junge Gregor an den theoretischen Untiefen desselben, an der angesichts der Ewigkeit so anrührenden Vergeblichkeit aller menschlichen Bemühungen. Pankraz spürte Gregors leidenschaftliche Hingabe an die Literatur mit einer innerlichen Genugtuung. »Bücher machen lebensuntauglich«, hatte er irgendwo gelesen, und er teilte diese Wahrheit seinem introvertierten Freund in einem Überfall von wirklicher Zuneigung (oder war es das Spiel des Jägers mit der Beute?) auch eines Tages leise mit.

»Pankraz« antwortete Gregor, »warum sollte das so sein? Ist nicht das Gegenteil richtig, dass man sich nämlich über das Lesen von Büchern die tiefsten Einblicke in die menschliche Seele auf einfachem Wege verschaffen kann, indem man versteht, wie die großen Männer und Frauen der Vergangenheit mit einer sensiblen Seele empfanden?« Pankraz nickte. »Nur müssen diese Einblicke auch verkraftet werden, Gregor« dachte er im Stillen, aber diese Überlegung äußerte er nicht laut.

Gregor verkraftete die tiefen Einblicke in die Seele des Menschen nicht. Seltsames Phänomen des adoleszenten, übersensiblen Verfalls. Gregor arbeitete sich weiter und weiter in die Literatur hinein, er las wie in Trance, er las sie alle, die großen Dompteure der menschlichen Seele, las Goethe, Shakespeare, Nietzsche, Trakl, Dostojewski, Hesse, Hamsun, Brecht, Benn, Saint-Exupery und viele andere, und sein Wissen wurde immer größer, sein Wortschatz immer umfangreicher, und seine Seele wurde immer unkindlicher, unjugendlicher. Qui n'a pas l'esprit de son age, de son age a tous le malheur. Während sich die Altersgenossen Gregors, Pankraz nicht ausgeschlossen, mit Bitburger Bier, Fußball und hingebungsvollen Gesprächen über die Sexualität die Zeit vertrieben, absentierte sich Gregor zusehends, um nach der Wesen Tiefe zu trachten. Er ließ nur noch seinen Freund Pankraz an sich heran, nur mit ihm tauschte er sich aus, nur mit ihm wollte er seine neuesten Erkenntnisse aus den Versen Trakls, Benns, Nietzsches und Heines besprechen. Pankraz ließ sich auf diese Gespräche ein. Er beobachtete die pathologische Hingabe seines Freundes an die Literatur mit Interesse, er bestärkte Gregor in der naiven Glorifizierung ihrer Freundschaft – und ihres Glaubens an Liebe und Treue, jaja, ihre Freundschaft war in der Tat so groß, dass sie Räuberbanden besiegte und reißende Ströme ohne Furcht überwand.

Gregor lernte damals Eva kennen, ein hübsches blondes Mädchen, von der er Pankraz begeistert erzählte und mit der er zaghafte körperliche Berührungen austauschte. Er war beseelt von zurückhaltendem belletristischen Idealismus: Du musst mich zähmen, sagte der Fuchs. Er war so zurückhaltend, dass sich Eva irgendwann zu langweilen begann.

Die beiden Freunde waren mittlerweile achtzehn Jahre alt, und Gregor befand sich mit seinen Eltern in Rom. Pankraz lud Eva zu einem gemeinsamen Abend in eine Eifeler Diskothek ein, und die gelangweilte Eva nahm diese Einladung dankend an. Pankraz und Eva tranken sehr viel Alkohol, sie tanzten und lachten gemeinsam, sie lachten über den »Jungmann« Gregor und seine Neigung zur Literatur. Am Ende des Abends nahm Pankraz Eva in seine Arme, er küsste sie, er entkleidete sie und schlief mit ihr, er deflorierte sie im wahrsten Sinne des Wortes, nahm sich das ius primae noctis, wie er lächelnd sagte, und Eva langweilte sich nicht.

Als Gregor aus Rom zurückkehrte, erfuhr er zunächst nichts. Er war nur erstaunt darüber, dass Eva jetzt sehr viel wilder küsste als vor seiner Abreise, und ein paar Tage später gestand sie ihm dann lächelnd ihr Verhältnis zu seinem Freund Pankraz. Seltsames Phänomen des adoleszenten, übersensiblen Verfalls: Gregor wurde blass, er aß nichts mehr, er schottete sich von seinen Mitmenschen ab. Er saß wie in Trance im Unterricht, blickte aus halonierten Augen vor sich hin und reagierte nur auf direkte Ansprache. Am Nachmittag zog er sich in die Einsamkeit der Eifel zurück, in die Wälder und Hügel des Mittelgebirges, den

Salmwald, den Ernstberg oder Riemerich. Eines Tages fand man ihn tot auf. Er war von einem Felsen gesprungen und hatte sich das Genick gebrochen, ganz in der Nähe seiner kleinen Heimatstadt.

Die Hintergründe dieses Selbstmordes blieben unklar. Pankraz und Eva wurden zwar gefragt, aber sie schwiegen. Des Pankraz wasserblaue, von dunklen Brauen umrahmte Augen betrachteten den toten Freund mit Interesse, mit einer kaum merklichen inneren Genugtuung. Er hatte gesiegt, das zu überwindende Halbwaisentum und das frühe »Sich-durchschlagen-Müssen« waren erfolgreicher als das prosperierende Elternhaus – Pankraz hatte nun fast Mitleid mit dem braunhaarigen, plötzlich sehr schnell alternden Arzt in den späten Vierzigern im schwarzen Mercedes und mit der deutlich jüngeren, geblondeten Frau, die in ihrer Verzweiflung nun nicht mehr ganz so hübsch aussah.

Pankraz und Eva schwiegen, und das Gras wuchs über dem Grab des Gregor Bisalski, auf jenem braunen Friedhof in der Eifel, hinter dem sich vor den Blicken des Betrachters das Maar ausbreitet.

Pankraz und Eva trennten sich bald wieder, sie hatten ja im Nüchternzustand nichts aneinander, und Eva lernte später noch viele Männer kennen, die ihr die Langeweile vertrieben. Pankraz hingegen wurde der Primus seines Jahrgangs (Gregor war ja nicht mehr da), und er erhielt einen Preis für das beste Abitur. Der jesuitische Schuldirektor würdigte in seiner Ansprache sowohl die treue Freundschaft des Pankraz zu dem armen Gregor Bisalski als auch seinen Impetus, aus »schwierigen« Verhältnissen bis zum Jahrgangsbesten des Internates aufzustreben. Dann trat Pankraz in Mainz das Studium der Medizin an.

Welches enorme Selbstvertrauen hatte sich dieses dunkelblonden jungen Mannes bemächtigt, welchen unverhofften Schwung hatte dieses ehemals so einfach angelegte Leben aufgenommen. Das Selbstvertrauen sprach aus jeder seiner Bewegungen, es kroch aus jeder Spalte seines Organismus, es duftete aus jeder Pore, es machte den bäuerischen Körper dieses jungen Mannes geradezu schön. Und wirklich! Pankraz war ein ausgezeichneter Student, er sog die Humanmedizin in sich auf, er verlor sich in den biochemischen Zyklen, chemischen und physikalischen Formeln, feingeweblichen Analysen, anatomischen Schnittpräparaten und physiologischen Experimenten des Grundstudiums, er schrieb hervorragende Klausuren, er wechselte die Universitäten, um verschiedene Lehrmeinungen kennenzulernen, er war ein humanmedizinischer Volltreffer im wahrsten Sinne des Wortes. Seine Freunde waren jetzt auch keine introvertierten Blässlinge mehr nach dem Strickmuster des Gregor Bisalski, keine verhätschelten Arztsöhne, keine Klassenbesten – nein, seine Freunde waren tatsächlich die Besten, unter den Besten die Besten. Sie waren starke, fleißige Studenten, die lernten und die Prüfungen mit Bravour bewältigten, und die auch sehr viel Spaß miteinander hatten.

Nein, nein, es waren keine introvertierten Blässlinge, die sich als Stützen der Gesellschaft aus diesem anspruchsvollen Studium herausschälten – es waren starke, sportliche, durchsetzungswillige junge Männer. In vielen zukünftigen Jahren sollten sie für und gegeneinander aktiv werden, die Jungs aus München, Köln und Freiburg, Pankraz, Richard, Harry und Hubert: der Erste ein Gewächs der Eifel, der Zweite Metzgersohn aus dem Schwarzwald, der Dritte Sohn eines Lübecker Kleinkaufmanns und der Vierte Sohn eines Ostallgäuer Bergbauern. Es war die Staffel der »Self-made-Men«, wie sie sich selber nannten. Sie übertrafen sich gegenseitig, und nach jeder bestandenen Klausur, nach jedem Schritt, der sie dem Ziel des Staatsexamens näher führte, klatschten sie sich gegenseitig ab.

Der »Selfmademan«: In diesen Zeiten war er der Gewinner, war populärer als der »Mann aus gutem Hause«, jener ewige Sohn. Und die Wertschätzung, die von außen auf die jungen

Männer traf, vervielfältigte sich im Inneren auf wundersame Weise und generierte bizarre Pflanzen, die schwanger gingen mit übersteigertem Selbstvertrauen. Aber sie konnten auch bescheiden sein, wenn es ihnen nützte, auch vor der wohl platzierten Bescheidenheit machte ihre Intelligenz nicht Halt.

»Es ist eine große Ehre für mich, heute von Ihnen eingeladen worden zu sein«, sagte Pankraz, überreichte der Dame des Hauses einen Blumenstrauß und trat ein. Er war sehr aufgeregt, ohne dass man es ihm angemerkt hätte. Professor Vollmond war ein hochdekorierter Mann, der mit seinen wissenschaftlichen Untersuchungen bahnbrechende Erkenntnisse über die Zirbeldrüse und deren Bedeutung in der circadianen Rhythmik von Nagetieren erzielt hatte. »Wie erkennen Ratten, dass der Mond scheint?«, hatte Gottfried spöttisch zu Pankraz gesagt, als dieser ihm stolz von seiner Einladung erzählte. Gottfried, aber das nur nebenbei, war ein künstlerisch veranlagter, schlechter Student, der in der Medizin nicht viel erreichen würde, ein skrupulöser Zyniker. Professor Vollmond hingegen war ein Mann, der zählte, der in der Fakultät einen Stellenwert besaß.

Pankraz war tadellos gekleidet, als er in die Türe trat. Er hatte sich von staatlichen Geldern zur Begabtenförderung einen neuen Anzug gekauft, in dezentem Grau, und er trug dazu ein weißes Hemd mit einer dunkelblauen Krawatte, die mit seinen seltsamen, wasserblauen Augen in einem erfreulichen farblichen Einklang stand. Seine Manieren waren tadellos, sein Händedruck trocken und selbstbewusst. Frau Vollmond, eine exaltierte, stark geschminkte Frau, war ihm von Anfang an zugetan, und ihre zwanzigjährige, vollbusige, etwas stämmige Tochter ebenfalls. Jedem unbeteiligten Betrachter hätte sich an diesem Abend ein sehens- und anhörenswertes zwischenmenschliches Schauspiel offenbart, ein tiefenpsychologisches Gemenge, durchdrungen sowohl von der Fürsorge als auch von dem Neid der Generationen untereinander, von akademischer Eitelkeit und Devotismus, von unerfüllter und verheißungsvoller Erotik, aber auch von einer leisen Verachtung, einer sehr leisen opportunistischen und zynischen Verachtung.

»Darf ich fragen, wo Sie studiert haben, Herr Professor Vollmond?«, erkundigte sich Pankraz artig, nachdem sich die Familie an einem dekorativ gedeckten Tisch zum Abendessen niedergelassen hatte. Pankraz blickte sich um. Mit Erstaunen nahm er die geschmackvolle, moderne Einrichtung wahr, die schwarzen Möbel und die schönen modernen Wandgemälde. Professor Vollmond saß am Kopfende der Tafel.

»In München und Hamburg«, antwortete er und lächelte. »Ganz im Norden und ganz im Süden, ein Mann der Extreme.«

»Oh ja, das war er schon immer«, warf Frau Vollmond mit einem unterschwelligen, kaum unterdrückten Stolz ein, den Pankraz feinsinnig registrierte.

Professor Vollmond lächelte selbstgefällig vor sich hin. Das Gespräch begann mit einer Wendung, die ihm gefiel. Er blickte Pankraz wohlwollend an.

»Woher stammen Sie denn eigentlich?« fragte er.

»Aus der Eifel«, antwortete Pankraz. »Mein Vater war dort Holzfäller«.

Professor Vollmond und seine Gattin nickten anerkennend, und ihre vollbusige Tochter blickte Pankraz mit großen, bewundernden Augen an.

»Und trotzdem sind Sie Medizinstudent geworden – und Stipendiat der Studienstiftung des deutschen Volkes?«

»Ich wurde von meiner Schule für das Stipendium vorgeschlagen und musste im Auswahlverfahren einen Vortrag halten«.

»Als Ihr Vertrauensdozent weiß ich das natürlich«, unterbrach ihn Professor Vollmond. »Worüber haben Sie denn gesprochen?«

»Über den Selbstmord.«

»Ein sehr ausgefallenes Thema, oder nicht?« fragte der Professor.

»Es gibt viele Verbindungen zur Psychologie, Psychiatrie, zur Medizin«, antwortete Pankraz und fügte nach einer Pause hinzu. »Ein guter Freund von mir hat sich das Leben genommen, als wir in der dreizehnten Klasse waren.«

»Oh«, sagte Verena Vollmond, die etwas korpulente Tochter des Professors, »das war sicher schrecklich für Sie«.

»Das war es in der Tat«, antwortete Pankraz, und auch dem allwissenden Betrachter hätte sich in diesem Augenblick nicht erschlossen, welche Emotionen dieser Aussage in der Tiefe zugrunde lagen.

»Gregor Bisalski war mein bester Freund. Er hat mich sozusagen auf die akademische Straße gelenkt, er hat mir gezeigt, wie schön es sein kann, eine Familie zu haben, er hat mir die Literatur nahegebracht. Wie viele Bücher haben wir zusammen gelesen, wie viele Gespräche über Gott und die Welt haben wir miteinander geführt.«

Pankraz seltsame wasserblaue Augen trübten sich in Erinnerung an seinen Freund Gregor Bisalski. Professor Vollmond blickte ihn mitfühlend an und sagte dann:

»Lassen wir die alten Geschichten ruhen. Hauptsache ist, dass Sie Ihr Stipendium bekommen haben und jetzt hier sind«.

Er hob das Glas und trank auf seine Familie und seinen Gast. Pankraz hatte sich von seinem Schmerz schnell wieder erholt und erwiderte den Gruß des Professors, dann lächelte er Verena zu, und sie errötete leicht. Frau Vollmond, die exaltierte, stark geschminkte Gattin des Professors, zuckte ein wenig nervös mit den Beinen. Dann wandte sie sich wieder dem Servieren der Vorspeise zu. Es gab Caprese mit italienischem Dressing, Pankraz schmeckte es sichtlich gut, er aß vergnügt und mit Hunger.

»Und wann haben Sie zu Ihrem Forschungsthema gefunden, Herr Professor Vollmond?«, fragte er kauend.

Die Ehefrau des Wissenschaftlers betrachtete ihn kritisch und mit der unverhohlenen Überzeugung, dass seine Tischmanieren verbesserungsbedürftig seien.

»Schon während meiner Doktorarbeit in München. Ich hatte bereits in der Vorklinik angefangen zu promovieren, in der Anatomie, und seitdem hat mich die Zirbeldrüse nicht mehr verlassen. Sie ist ein hochinteressantes Organ.«

»Das kann man wohl sagen«, antwortete Pankraz. »Ihre Vorlesung ist sehr spannend.«

Professor Vollmond nickte.

»Augenblicklich beschäftigt uns die Frage, ob sie dem Epithalamus zugerechnet werden sollte oder nicht. Dies ist insbesondere für die anatomische neuronale Vernetzung von Interesse.«

Pankraz nickte zustimmend.

»Nicht alles, was interessant ist, ist auch von Bedeutung«, dachte er insgeheim.

Wie zutreffend dieser Gedanke des Pankraz Hörmann war, und welches tiefe Verständnis menschlicher Lebensumstände lag ihm zugrunde! Ist nicht eine der substantiellsten und sehr früh im Lebenszirkel zu stellenden und zu beantwortenden Fragen diejenige, womit sich ein Mensch ein Leben lang beschäftigen will? Und doch war es erstaunlich, dass Pankraz sich in dieser Zeit bereits mit einem solchen Thema auseinandersetzte, einem Thema, das zweifellos die Welt bedeutet, aber zu Beginn des dritten Lebensjahrzehnts nur in den seltensten Fällen einer kritischen Prüfung wert erscheint. Dabei überfällt diese Frage ältere Menschen mehr oder weniger regelmäßig, immer wieder streift sie das reife Gehirn mit einer manchmal sanften und manchmal brutalen Melancholie. Die ewige Frage: Wozu? Wozu habe ich gelebt? Nun ja, Professor Vollmond schien sie für sich selbst beantwortet zu haben – für die Zirbeldrüse eben und für das Verständnis ihrer anatomischen neuronalen Vernetzung.

Pankraz empfand Bewunderung für das starke, borniete Selbstverständnis, das aus der Rede und der familiären Wucht des Professors angelegentlich dieser abendlichen Einladung sprach. Während er den nun folgenden Vorträgen über die Zirbeldrüse lauschte und das unterdrückte Gähnen der beiden anwesenden Frauen beflissentlich ignorierte, kam ihm hin und wieder Gregor Bisalski in den Sinn, sein verstorbener Freund und dessen introvertierte und feingeistige Psychasthenie. Pankraz war spätestens am Ende dieses Abends davon überzeugt, dass eine dickstirnig vorbehaltlose Begeisterung für wen oder was auch immer im direkten Vergleich mit dem introvertierten Blässlingswesen der überlegene Charakterzug sei.

Diese Frage war also entschieden, ein für alle mal. Gregor Bisalski war tot, und Professor Vollmond lebte – und nicht nur er lebte, sondern auch seine vollbusige, etwas stämmige Tochter, welcher Pankraz Hörmann nun, durch seine Einladung zum Abendessen und den gelungenen Verlauf des Abends legitimiert, seine Aufwartung zu machen begann. Längst schon hatte er dieses Spiel gewonnen, längst vor seinem Beginn, und auch diese psychologische Tatsache war ihm instinktiv bewusst. Denn Verena Vollmond war zwar ein hübsches, vollbusiges, etwas zu stämmiges Mädchen – vor allem aber war sie die Tochter ihres Vaters. Und die Sympathie, die ihr Vater dem jungen Gast des heutigen Abends in unverhohlener Weise entgegenbrachte, genügte, um in ihr selbst die Glut einer zwar vorsichtigen, aber doch vertrauensvollen weiblichen Leidenschaft für den dunkelblonden jungen Mann mit den seltsamen wasserblauen Augen zu entfachen.

»Was studieren Sie, Verena?«, fragte Pankraz Hörmann die Tochter seines Vertrauensdozenten.

»Ich studiere Medizin im 2. Semester in Heidelberg«, antwortete sie und errötete.

»Ein wunderbares Fach!«, rief Pankraz und lächelte.

»Das ist es wirklich«, mischte sich Professor Vollmond ein. »Ich glaube, es existiert kein anderes Studium, das eine ähnliche Vielzahl von späteren Betätigungsmöglichkeiten eröffnet wie das Medizinstudium.«

»Welche Betätigungsmöglichkeiten meinen Sie?«, fragte Pankraz und lächelte Verena zu, die verschämt die Augen zu Boden schlug. Frau Vollmond, die zwischenzeitlich die Hauptspeise serviert hatte – es gab Saltimbocca alla romana, ein ausgezeichnet zubereitetes Saltimbocca nebenbei bemerkt –, zuckte erneut nervös mit den Beinen.

»Durchaus seriöse Tätigkeiten, mein junger Freund«, antwortete Professor Vollmond fast ein wenig ungehalten. »Ich meine die klinische Betätigung ebenso wie die wissenschaftliche und die handwerkliche ebenso wie die menschliche.«

»Und welche davon ist die wichtigste?«, fragte Verena.

»Ich denke, dass die klinische und die menschliche Tätigkeit die wichtigsten sind«, antwortete Professor Vollmond.

»Warum bist du dann Zirbeldrüsenforscher und Histologe geworden, Vater?«, fragte Verena und lächelte charmant.

Aber diese Frage irritierte Herrn Professor Vollmond offensichtlich wenig.

»Erstens, Mademoiselle, habe ich lange klinische Erfahrungen in der Neurologie gesammelt, zweitens lebt ihr sozusagen von der Zirbeldrüse, und drittens hat die Wissenschaft einen kreativen Aspekt, den die rein klinische Tätigkeit nicht besitzt.«

Pankraz nickte.

»Um zu erkennen, was die Welt in ihrem Innersten zusammenhält ... nicht wahr?«

Professor Vollmond lächelte wohlwollend.

»Aber man könnte genauso gut sagen, da seht ihr, dass ihr tiefsinnig fasst, was in des Menschen Hirn nicht passt«, antwortete er und fügte hinzu: »Ich sehe wohl, dass die Gespräche mit ihrem Freund gefruchtet haben«.

Verena blickte vergnügt auf ihre schwarz lackierten Schuhe.

Als Pankraz an diesem Abend nach Hause ging, hielt er Verenas Studienadresse und Telefonnummer in seiner Hand, hatte einen ausgezeichneten Eindruck bei der Familie Vollmond hinterlassen und jubelte innerlich.

Die Würfel waren gefallen. Pankraz Hörmann stolperte erneut nach oben, und Verena Vollmond stolperte in ein väterlich präformiertes Glück. Denn Pankraz schrieb ihr natürlich, und natürlich besuchte er sie, und selbstverständlich wurden sie ein Liebespaar – am 23. August des Jahres 1985 in den frühen Abendstunden eines heißen Sommertages in Heidelberg.

»Die Zirbeldrüse will es so«, sagte Pankraz und lächelte charmant, bevor er Verena küsste. Zwar küsste sie nur sehr vorsichtig zurück, ja sie erwiderte seinen Kuss fast abwehrend, aber ihre Zurückhaltung irritierte Pankraz nicht. Im Gegenteil, sie spornte ihn an. Er war es gewöhnt, Widerstände zu spüren, und er war es ebenso gewöhnt, sie zu brechen.

Außerdem war er ein Kenner des weiblichen Geschlechts. Junge Frauen liebten Stärke und Entschlossenheit, so viel war gewiss, und sie liebten diese nicht nur in einer verbalen, sondern auch und vor allem in einer körperlichen Erscheinungsform. Wie angenehm war doch das Erlebnis des gebrochenen Widerstandes, jenes flehende »Nein«, das sich in ein zartes »Ja« verwandelte, jenes sperrig Beginnende und geschmeidig und weich Endende. Jedes Mal, wenn es ihm gelungen war, den weiblichen Widerstand zu überwinden, durchströmte Pankraz Hörmann ein warmes Glücksgefühl, jedes Mal fühlte er sich sozusagen ganz in seinem Leben angekommen.

Als er damals mit Eva schlief, hatte er dieses Glücksgefühl bereits in besonderer Weise empfunden, und jetzt, mit Verena Vollmond in seinen starken, bäuerischen Armen, steigerte sich seine Empfindung zu einem Gefühl männlicher Allmacht. Welche Möglichkeiten, welchen enormen gesellschaftlichen Aufstieg bedeutete diese Verbindung für den raffinierten Eifeler Medizinstudenten. Doch auch abgesehen von diesem gesellschaftlichen Aufstieg (und das war Pankraz ebenso wichtig, jawohl!) musste er sich mit Verena Vollmond an seiner Seite als Mann keineswegs schämen: Verena war brünette, ein wenig vollschlank, mit großen, sehnsüchtigen braunen Augen – und der Magnet für alle männlichen Blicke, die in ihrer Umgebung einen Sinn für die erotische Wirklichkeit besaßen, war zweifellos ihre Brust, ihre große runde, junge weiche Brust, die sich bei jeder Bewegung in einer verführerischen Weise in die Hin- oder Gegenrichtung wölbte, je nach weiblicher Absicht oder eben nach den Gesetzen der Gravitation. Dieser Magnet verfehlte seine anziehende Wirkung selten, und auch Pankraz konnte sich seines ungeheuerlichen Einflusses nicht erwehren.

Dieser Einfluss war sogar so groß, dass Pankraz bereits den ersten Kuss Verenas dazu nutzte, mit seinen Händen ihre jungen Brüste in deren vollem, prall elastischen Zirkel auszutasten – eine Vorgehensweise, die von der unerfahrenen, wohl behüteten Verena Vollmond zunächst als sehr befremdlich empfunden wurde. Aber dann genoss sie es ja doch: Auch dieses Mädchen aus akademischen Elternhause genoss die männliche Kraft des Pankraz Hörmann, sie gehorchte sozusagen dem Ruf der Wildnis, der stärker war als alle anerzogene Befremdung.

Ja, es ist der Ruf der Wildnis, der uns die Gesetze der Erziehung und des Anstandes hin und wieder vergessen und der uns die Wirklichkeit für Augenblicke der Trance oder der erotischen Wirklichkeitsüberhöhung weit beiseiteschieben lässt. Es sind die Gene der Lust, welche eigentlich ja doch nur dem Erhalt der Art dienen, es ist, simpel formuliert, lediglich die hormonelle Steuerung, die wir besingen, bedichten, idealisieren und zur Liebe hochstilisieren. Oder ist die Liebe zwischen Mann und Frau etwa mehr als eine phasische Umnebelung der Sinne, die angenehme Monate und Jahre beschert, zur Geburt von Kindern führt und in gegenseitige Abhängigkeit mündet?

Jedenfalls verliebte sich Verena in Pankraz. Ihr Vater hatte seiner Tochter die Qualitäten dieses jungen Mannes ja organisatorisch geschickt nahegelegt, und die Biologie tat also in Heidelberg ihr Übriges. Alles war so, wie es sein sollte. Verena spürte an diesem heißen Sommerabend zum ersten Mal in ihrem Leben hautnah, was ein wirklicher Mann ist, und in Pankraz mischte sich die süße Empfindung eines wohlverdienten privaten Glücks mit der Aussicht auf einen weiteren gesellschaftlichen Aufstieg.

Und dieser kam.

Pankraz brillierte im vorklinischen Abschnitt des Studiums mit exzellenten Noten, und er feierte mit seinen engsten Freunden Richard, Harry und Hubert, die nur wenig schlechter abschnitten als er selbst, ausgelassen seinen Sieg. Er begann unmittelbar nach seinem Physikum mit der Promotionsarbeit, einer Untersuchung zur Bedeutung von Escherichia coli in der Pathogenese der Mitralklappenendokarditis, und auch hier war er fleißig und durchsetzungsfreudig. Sehr schnell wurde er zum integralen Bestandteil der Publikationen, die aus der Gruppe seines Doktorvaters in die wissenschaftliche Welt hinausgefeuert wurden. Und mit einem großen psychologischen Geschick gelang es ihm, dass sein Name auch auf Publikationen erschien, zu deren Entstehung er keinerlei praktischen Beitrag geleistet hatte. Sehr schnell verstand er das System. Es war nicht so bedeutsam, was man publizierte, sondern entscheidend war, wie viel man publizierte. Dem brustklopfenden starken Protz wurde, so seltsam das auch erscheinen mag, in den medizinischen Wissenschaften weit mehr Beachtung geschenkt als dem nachdenklichen und gründlichen Akademiker. Also trat man am besten bewusst stark auf und klopfte sich eben an die Brust.

Diese Strategie lag Pankraz ohnehin sehr. Er verstand früh, dass die Menschen in vorletzter Konsequenz (und das war die Position, die zunächst über den Lebenserfolg entschied) viel mehr eine Gallionsfigur suchten als einen authentischen Protagonisten, denn letzterer führte ihnen faktisch ihre Fantasielosigkeit vor Augen – und wer denn bitte konnte eine derartige Kritik schon wertschätzen?

Pankraz beobachtete seine zukünftigen Kollegen mit einem feinen psychologischen Blick. Einige wenige von ihnen kämpften um Wahrheit und Authentizität – und blieben auf der Strecke. Ihre Experimente wurden niemals fertig, und ihre Doktorarbeiten ebenso wenig. Wenn sich Pankraz mit seinen Studienkollegen traf, mit Richard, Harry und Hubert, dann lachten die vier jungen Männer über ihre kunktatorischen Zeitgenossen, denen es einfach nicht gelang, »zu Potte zu kommen«, wie sie sich auszudrücken pflegten.

Sie selbst hingegen kamen zu Potte. Mit einem selbstdefinierten Ermessensspielraum bewegten die Männer mit den goldenen Fingern und den goldenen Herzen ihre Experimente in die gewünschte Richtung, von Publikation zu Publikation wurden die Standartabweichungen geringer. Sie arbeiteten in einem Graubereich, der Entwicklungsmöglichkeiten zuließ, für sie selbst ebenso wie für ihre Arbeitsgruppenleiter, welche ihnen keinen Einhalt geboten, da die schnellen Erfolge der jungen Mitarbeiter ja auch ihnen selbst halfen. Pankraz lernte ein absurdes System kennen, das zwar der Erkenntnis der Wahrheit diente, aber eigentlich doch von Lügen getragen und gefüttert wurde.

»Wer den Weg zur Wahrheit geht, der geht ihn allein. Nur wer gegen den Strom schwimmt, gelangt zur Quelle.« Und so weiter. Pankraz kannte alle diese weisen Sprüche nur zu gut, er bediente sich ihrer ja auch bei entsprechender Gelegenheit. Aber Pankraz war »ein Mann der Tat« (wie er sich selbst zu nennen pflegte), er lebte im Jetzt, und er durchlitt dieses Jetzt nicht, um in irgendeiner unbestimmten Zukunft die Früchte eines selbstauferlegten Leidens zu ernten. Dazu waren die Lebensjahre zu kostbar, zu schnell konnten sie ja, wie Pankraz aus leidvoller Erfahrung wusste, in einer Scheune verglühen, zu schnell einer reaktiven Psychasthenie zum Opfer fallen.

Pankraz mit »P« wie »power« – erstmals kam ihm die magische Verbindung des Anfangsbuchstabens seines Vornamens zu dem angloamerikanischen Omnipotenzbegriff in den Sinn, erstmals schöpfte er daraus weitere Kraft, spornte sich an und setzte den eingeschlagenen Weg mit umso größerer Verbissenheit und Hartnäckigkeit fort. Es war der Weg des beruflichen Erfolges als Maxime für das tägliche Handeln und die täglichen Entscheidungen. Pankraz schritt mit dieser Maxime in großen Schritten voran, und er traf bei vielen verantwortlichen Menschen seiner Umgebung auf ein tiefes Verständnis für seine Haltung.

»Ich beobachte Ihre Fortschritte mit Freude«, sagte sein Arbeitsgruppenleiter Professor Dr. Peter Altmann eines Tages und lud Pankraz zu einer Besprechung ein, welche der Planung seiner wissenschaftlichen Zukunft zugutekommen sollte. Pankraz nahm die Einladung an, und irgendwann saßen sie dann im Vorstadtgarten des Arbeitsgruppenleiters – an einem lauwarmen Sommerabend, an dem die Siebenschläfer an den Wänden der Häuser entlang krochen und die Kreuzspinnen an den Straßenlaternen fette Fliegen fraßen.

»Ich schlage Ihnen einen Forschungsaufenthalt in Amerika vor, Pankraz«, begann Professor Altmann das fachliche Gespräch, nachdem einige Höflichkeiten zur gegenseitigen Zufriedenheit ausgetauscht worden waren. »Das wäre eine exzellente Gelegenheit für Sie, Ihre hier erlernten Techniken und Fähigkeiten weiter zu vertiefen. Die Medizin kennt keine Grenzen«, fügte er hinzu und lächelte.

Pankraz lächelte ebenfalls.

»Ich danke Ihnen sehr, dass Sie mich einer solchen Förderung für wert erachten«, antwortete er und setzte nach kurzem Nachdenken hinzu: »Selbstverständlich habe ich im Vorfeld unseres Zusammentreffens über eventuelle Inhalte des Gespräches nachgedacht. Obwohl ich mir nicht im Klaren darüber bin, ob ich eine solche Unterstützung verdiene, werde ich alles versuchen, Ihr Vertrauen in Zukunft zu rechtfertigen. Was muss ich denn konkret unternehmen?«

Professor Altmann nickte wohlwollend.

»Über Ihre Eignungen und Talente machen Sie sich bitte keine Gedanken, das ist meine Aufgabe«, gab er zurück. »Ich bin ja nun seit einer Weile im Geschäft, und ich habe selten jemanden erlebt, der in einer so frühen Lebensphase schon begriffen hat, wie der Wissenschaftsbetrieb funktioniert.«

Pankraz stutzte für einen Augenblick und sah Herrn Professor Altmann forschend an.

»Wie meinen Sie das?«, erwiderte er fragend.

Sein Gegenüber nickte nachdenklich.

»Betrachten Sie es einfach als Kompliment«, sagte er freundlich. »Und nun zum weiteren Vorgehen. Wir werden gemeinsam einen Antrag an die Deutsche Forschungsgemeinschaft formulieren. Sie sollten von der Endokarditis zur Myokarditis switchen. Hier ist nach Meinung meiner Berufskollegen noch mehr wissenschaftliche Arbeit zu leisten als bei der Endokarditis. Ich habe einen Bekannten in San Diego. Diesen werde ich bitten, ein Gutachten für Sie zu formulieren und seine Unterstützung und Betreuung zuzusagen.«

Pankraz errötete vor Freude.

»Vielen herzlichen Dank, Herr Professor Altmann. Ich weiß wirklich nicht, wie ich Ihnen danken soll.«

Professor Altmann streckte ihm seine Hand hin.

»Peter«, antwortete er.

Pankraz schlug ein.

Als er Verena von der Unterredung mit Herrn Professor Altmann erzählte, war ihre Freude verhalten. Es wurde ihr sehr bald klar, dass Pankraz plante, seinen Amerikaaufenthalt alleine zu erleben.

»Ich werde mich für die Zeit nach dem Staatsexamen bewerben, und ich glaube, es ist gut, wenn du erst einmal hierbleibst und dein Studium abschließt«, sagte er zu Verena.

Sie nickte verständnisvoll. In ihrem Inneren aber glomm eine melancholische Glut. Seit jenem Sommerabend in Heidelberg, an dem Pankraz sie zum ersten Mal küsste, hatte sie ihm fast alle Geheimnisse offenbart, die man als junge Frau einem Mann offenbaren kann – und obwohl Pankraz diese Geheimnisse hungrig entgegennahm und die süßen Kostbarkeiten ihres jungen Frauenkörpers genüsslich »verzehrte«, offenbarte er ihr selbst fast keine Geheimnisse. Er sprach nie über seine Vergangenheit in Liebesdingen, obwohl diese Vergangenheit aus einem professionellen und routinierten Vorgehen in der körperlichen Liebe unschwer abzuleiten war.

Verena war irritiert. Das Vertrauen, welches sie Pankraz aufgrund der väterlichen Fürsprache anfangs in uneingeschränkter Weise entgegengebracht hatte, war einer ihr selbst unerklärlichen Unruhe gewichen, einer instinktiven Furcht, dass sie in der Biographie dieses jungen Mannes nur eine vorübergehende Rolle spielen sollte. Das bekümmerte sie sehr. Zwar war ihre initiale Zuneigung und verhaltene Verliebtheit, welche sie zweifellos empfunden hatte, immer mehr einer bedrückten Skepsis gewichen, einem leisen Widerwillen gegen Pankraz und seine Art zu denken, gegen seine kompromisslose Vorgehensweise, die sich durch alle Bereiche des menschlichen Lebens zu ziehen schien – aber dennoch hätte sie daraus niemals einen Wunsch nach Trennung abgeleitet, niemals hätte sie sich aus eigener Kraft von diesem allseits gepriesenen, von ihrem Vater und anderen Akademikern unterstützten, talentierten Pankraz Hörmann lösen können, dem sie ihre intimsten Geheimnisse unterbreitet hatte.

»Was soll denn noch kommen?«, sagte sie jedes Mal zu sich selbst, wenn der Gedanke an eine Loslösung von Pankraz sie streifte, und dann musste sie sich eingestehen, dass ein vielversprechenderer junger Mann weit und breit nicht in Sicht war. Nein, Pankraz Hörmann war der Mann ihres Lebens, so viel war gewiss. Umso mehr erschreckte sie der Gedanke, dass Pankraz den anstehenden Amerikaaufenthalt dazu verwenden könnte, sich seinerseits von ihr zu trennen. Dieser Gedanke erschreckte und verletzte sie, denn vielleicht war Verena nicht besonders mutig – aber sie war sehr stolz. Und eine verletzte stolze Frau ist unberechenbar.

»Willst du Pankraz in seinem Vorhaben unterstützen?«, fragte sie ihren Vater am darauffolgenden Wochenende beim gemeinsamen Frühstück der Familie.

»Warum sollte er das nicht tun?« entgegnete Frau Vollmond ihrer Tochter nachdenklich.

»Ich weiß nicht«, antwortete Verena, »aber ich glaube, Pankraz würde aus Amerika nicht mehr zurückkommen.«

»Wie kannst du so etwas sagen? Natürlich würde er das«, entgegnete ihre Mutter. Professor Vollmond, der gerade sein Frühstücksei öffnete, stimmte ihr lächelnd zu:

»Verena, Pankraz ist nicht blöd. Er weiß ganz genau, dass er in Deutschland keinen Fuß mehr in die Tür bekommt, sollte er sich nicht an unsere Vereinbarungen halten.«

Verena war durch die Äußerung ihres Vaters aus einem ihr unerklärlichen Grund tief getroffen. Niedergeschlagen antwortete sie:

»Aber sollte er nicht meinetwegen zurückkehren wollen – und nicht nur deshalb, weil er in Deutschland sonst ‚keinen Fuß mehr in die Tür bekommt'?«

Professor Vollmond lächelte erneut.

»Die Erfahrung lehrt, dass man dem Glück etwas auf die Sprünge helfen muss, Verena«, antwortete er. Er blickte seine Tochter forschend an. »Übrigens, wenn du an die Liebe zwischen Mann und Frau appellierst, dann nützt es auch nichts, Pankraz an seinem vorbestimmten Weg zu hindern. Das solltest du nicht versuchen. Ich persönlich halte ihn für einen anständigen jungen Mann.«

Verena nickte zur Antwort, aber sie lächelte dabei nicht.

Einige Monate später reiste Pankraz nach Amerika. Er reiste allein. Die Deutsche Forschungsgemeinschaft hatte ihm ein Stipendium bewilligt, hatte seinen Wechsel von der Endokarditis- zur Myokarditisforschung lobend herausgestellt und ihm mit dieser Bewilligung sozusagen den wissenschaftlichen Ritterschlag erteilt. Pankraz drückte Verena einen letzten leidenschaftslosen Kuss auf die Stirn. Sie verabschiedeten sich am Auto. Bereits den Weg zum Flughafen ging er allein.

Ein wundervolles Freiheitsgefühl übermannte ihn, als er in Richtung seines Terminals schritt und mit seinem Koffer am Check-in stand. Die junge Dame am Schalter war ausgesprochen nett. Während des langen Fluges über den atlantischen Ozean dachte Pankraz über das Leben nach. Zwischendurch stand er auf, spazierte hin und wieder in Richtung Cockpit und machte Muskelübungen zur Thromboseprophylaxe, schließlich war er Arzt und wusste um die Zusammenhänge. Das Leben war schön, bunt und abwechslungsreich. Der Himmel über dem atlantischen Ozean war blau und weit. In der Ferne sah man einen Streifen der untergehenden Sonne. Pankraz lehnte sich ans Fenster und ließ sich in die unendliche Ferne hinaustreiben, ohne eine Grenze zu spüren.

Wieder einmal war er auf dem Weg in ein neues Leben, zu Menschen, die auf der anderen Seite des Ozeans lebten, neuen Menschen, von denen er nichts wusste und die von ihm noch nichts wussten. Menschen anderer Gesinnung, Rasse und Erziehung, Menschen anderen Blutes. Er freute sich auf Amerika, auf das Land der tausend Möglichkeiten, auf die Wolkenkratzer und die Weite, auf die schnellen Entwicklungen, die von Amerika ausgingen, auf den Balboa Mountain, die Pandabären, die Pelikane und den Pazifischen Ozean. Ja, Pankraz freute sich auf das Meer. Das Meer war tief, es roch geheimnisvoll und gut. Es war in ständiger Bewegung, es schlief nie. Und unter seiner Oberfläche verbargen sich Tausende von Überraschungen, Tausende Unwägbarkeiten, Gefahren, Schönheiten, Tausende unbeantwortete Fragen. Das Meer war in seiner Undurchdringlichkeit ein Sinnbild des Menschenschicksals wie alle Monumente der Natur, und es war auch rücksichtslos und mächtig.

Pankraz, auf seinem Flug über den atlantischen Ozean nach Amerika, fühlte sich rücksichtslos und mächtig. Wenn er seinen bisherigen Lebensweg Revue passieren ließ und mit den Maximen seiner jesuitischen Erziehung abglich, wenn er die Schritte überdachte, die ihn bis zu dem heutigen transatlantischen Flug geführt hatten, so war er sich selbst gegenüber ehrlich genug zuzugeben, dass seine Taten in der Vergangenheit den Geboten der christlichen Erziehung selten gerecht wurden und dass er sich von darwinistischen eher als von christlich nächstenliebenden Instinkten durch das Leben tragen ließ. Aber jeder Mensch hatte ja eine Wahl – und der Erfolg gab Pankraz Hörmann Recht.

Wie viele Menschen hatte er in Europa mit dem Abheben des Flugzeuges einfach so hinter sich gelassen, endgültig, unwiderruflich, unwiederbringlich! Sein Vater war ebenso in den Ozean des Vergehens und Vergessens eingetaucht wie sein Freund Gregor Bisalski, ebenso wie seine Brüder, seine Mutter, Eva und vielleicht Verena. Wohin verschwunden? Wohin? Auf den unendlich hohen, aber unbedeutenden Scherbenhaufen vergangener menschlicher Schicksale. Als Pankraz durch das Fenster des Flugzeuges über die Weite des atlantischen Ozeans hinausblickte, kamen ihm unvermutet Fotografien von Massengräbern in den Sinn. Die bleichen, ausgemergelten toten Leiber waren Symbole für die Belanglosigkeit eines menschlichen Einzelschicksals, sie waren ein Gerümpel aus Eiweißen und Kalk, das sehr schnell zu Erde wurde, wenn man ihnen das Wasser entzog. Sie waren – nichts mehr. Auch sein Vater war nichts mehr. Auch Gregor Bisalski, dieser vom Leben einstmals so begünstigte blondgelockte Jüngling, war nichts mehr. Er war nichts als ein in der Vergangenheit elegant aus dem Weg geräumtes Hindernis, eingetaucht in den Ozean des Vergessens. Pankraz hingegen atmete und wirkte und steuerte sein Leben in eine von ihm selbst bestimmte Richtung.

Diese Richtung hieß Amerika – die neue Welt. Als das Flugzeug in Atlanta landete, musste er zunächst zähe Einreiseformalitäten über sich ergehen lassen. Farbige Menschen in Uniform studierten seinen Ausweis und testeten böswillig sein Englisch, das nicht besonders gut war. Es fiel ihm schwer zu folgen, und automatisch verzogen sich die Gesichter der dunkelhäutigen Beamten in ironischer Überlegenheit. Pankraz hatte Verständnis für diese Haltung, auch wenn er der Versuchung kaum widerstand, den farbigen blasierten Halbaffen vor ihm mit der Faust ins Gesicht zu schlagen. Irgendwann schienen diese die verhaltenen Aggressionen des Einreisenden zu ahnen, denn Pankraz wurde, gewissermaßen zum Empfang im Land der unbegrenzten Möglichkeiten, in einen separaten Raum geschleust, in dem er zur Überprüfung seiner Personalien erst einmal zwei Stunden zum Warten gezwungen wurde. Schlussendlich wurde die Einreise gestattet, es war ihm ja nichts vorzuwerfen, und Pankraz stand in Amerika.

Er blickte sich um. Der Flughafen von Atlanta war zunächst nicht anders als die europäischen Flughäfen, die er kannte. Vielleicht waren die Gänge etwas länger, die Fastfoodläden etwas provisorischer und die Warteräume etwas schmutziger. Vielleicht waren die Reisenden im Durchschnitt auch etwas ärmlicher gekleidet, denn Fliegen war im Land der weiten Entfernungen das Standardfortbewegungsmittel und allen sozialen Schichten zugänglich. Pankraz empfand in diesen ersten Minuten in Amerika eine Art europäischer Bahnhofsatmosphäre, und er nutzte die Zeit, in der er auf seinen Koffer wartete, um die Menschen in seiner neuen Heimat zu betrachten. Schon jetzt kam ihm die Austauschbarkeit der Physiognomien in den Sinn, die Menschen waren hier wie da, sie schwitzten, sie husteten und sie hatten einen aufrechten Gang. Sie waren dick und hässlich oder stark, schön und schlank. Viele waren offengestanden dick und hässlich, die amerikanische Esskultur schien einen Einfluss auf den Body-Mass-Index der Bürger des Landes zu nehmen.

Während der langen Wartezeit auf den Anschlussflug nach San Diego überließ sich Pankraz, in einem jener schwarzen Plastikwartestühle vor dem Gate sitzend, seinen frei flottierenden Gedanken. Flughäfen waren ein Symbol für die Zeit: Männer mit grauen Schläfen, weißen Hemden, Anzügen und ledernen Aktenkoffern liefen schnell durch die Gänge, neben sich Damen mit langen Beinen und kurzen Röcken, auf dem Weg zu einem kleinen oder großen Etappenziel ihres Lebens, aber immerhin mit einem Ziel. Denn es gab auch die Ziellosen, bei denen sich alles bereits entschieden hatte, sie gingen langsam und verreisten mit Plastiktüten. Später in seinem Leben würde Pankraz sich noch oft auf Flughäfen aufhalten, würde den Siegeszug der Handys und der Laptops erleben, der Eyephones und der Blackberries. Am heutigen Tag betrachtete er die Amerikaner des ausklingenden 20. Jahrhunderts, und er bemerkte wohl, dass die sozialen Unterschiede in diesem Land sehr viel ausgeprägter waren als in seinem Heimatland.

Fast empfand er nun eine Spur von Melancholie und Sehnsucht, wenn er an seine Vergangenheit zurückdachte, an Verena Vollmond, Peter Altmann, an Richard, Harry und Hubert, an Eva und an Gregor Bisalski. Aber das währte nicht lange. Pankraz war ein Mann der Tat, und als das Flugzeug nach San Diego zum Boarding bereitstand, hatte er alle diese Sentimentalitäten bereits wieder abgelegt.

San Diego, Millionenstadt am pazifischen Ozean. Wenn man das gaslamp quarter durchschritt, wurde das 19. Jahrhundert wieder lebendig, in dem die Goldsucher nach einem gelungenen Tag die Schwingtüren zu den Salons und Bordellen durchstießen und ihre Goldfunde feierten. Der Hafen erinnerte an den 2. Weltkrieg und an die Verlagerung des Flottenhauptquartiers nach dem Angriff auf Pearl Harbor, auf dem Balboa Mountain spukte Nunjes de Balboa durch das Gehirn, der Freibeuter, die ersten europäischen Augen, die den pazifischen Ozean erblickten. San Diego, Stadt des Charles Lindbergh und des ersten Transatlantikfluges, Stadt der Amokläufe und des Triathlon, der Pandabären und der Pelikane, San Diego – Pankraz' neue Heimat.

Er bezog eine Wohnung etwas außerhalb der Stadt, ohne Rundblick, aber mit einer sehr netten Vermieterin. Zum Frühstück gab es jeden Morgen pappige Doughnuts oder Rührei über fettigem Speck. Dann fuhr Pankraz einige Kilometer mit dem

San Diego Trolley zur University of California, wo sich sein neues Labor befand.

Es war ein modern eingerichtetes Labor mit einer amerikanischen Leitung und zahlreichen nicht amerikanischen Mitarbeitern, die sich ihre Meriten zu verdienen suchten. Es schien in der ganzen Welt zum Goldstandard geworden zu sein, ein postdoctoral fellowship in den Vereinigten Staaten zu absolvieren, Japaner waren anzutreffen, viele Chinesen und Australier, aber auch Franzosen oder Spanier. Die modernsten Geräte standen zur Verfügung, vom Cell Counter über die Flowbench zum Brutschrank, vom Sequencer zum Laser Scan Mikroskop – alles war in modernster und luxuriösester Form vorhanden, alles war nutzbar, einsetzbar, machbar. »Let's do it. We are in America«, hörte er die Kollegen sagen, und dieser Satz war Pankraz tatsächlich so nahe, entsprach so sehr seinem eigenen Wesen, dass sein Herz heftig schlug vor Stolz über seinen transatlantischen Weg.

Pankraz internalisierte die amerikanische Sprache schnell, er transferierte sein in der Schule erlerntes British English problemlos in das American English mit seiner omnipotenten Klangfarbe, die Pankraz sehr gut gefiel. Schnell wurde San Diego zu »Sn jägoe« und das »laboratory meeting« wurde zum »lääb meeding« – nicht zuletzt dokumentierte der »American Slang« ja das Esoterische, Eingeweihte dieses transatlantischen wissenschaftlichen Aufenthaltes. Bald schon verfestigte sich in Pankraz der früh erworbene Eindruck, dass es in der Wissenschaftswelt der Gegenwart genügte, »hier gewesen zu sein« und dieses »Hiergewesen-Sein« irgendwie zu dokumentieren – zum Beispiel eben in einem bereitwillig übernommenen amerikanischen Akzent. Schon diese Anerkennungsbezeugung und das gleichzeitig Elitäre und Subalterne der Akzentübernahme konnten dazu führen, dass den jungen Wissenschaftsaspiranten eine, auch in die berufliche Zukunft tragende, amerikanische Unterstützung zuteil wurde. Natürlich galt es nun, das Fundament dieser Unterstützung zu festigen, tätig zu werden, zu experimentieren und zu publizieren. Aber der treffendste Satz, den er zu diesem Thema vernahm, stammte von einem Kollegen aus Südafrika: »Pankraz, it is not important what you do, it is important where you are."

Pankraz Hörmann salutierte innerlich vor diesem prägnant formulierten Einblick in die wissenschaftliche Wirklichkeit. Ob die humorale Immunabwehr in der Pathogenese der Myokarditis nun eine Rolle spielte oder nicht – wer wusste das schon! Das Forschungsthema war en vogue, sein Laborleiter ein starker Mann, sein Karriereplan ließ sich somit umsetzen. Was hätte Pankraz darüber hinaus wünschen sollen? Ähnlich wie in der Vergangenheit, in der er mit seinem Freund Gregor Bisalski die deutsche Literatur in sich aufgesogen hatte, ohne jemals selbst die Kontrolle zu verlieren, so bewahrte Pankraz auch jetzt die notwendige Distanz zu seinen wissenschaftlichen Tätigkeiten, nie verließ er den Blickwinkel der Nützlichkeitsprüfung, und das Rilkewort, dass man sich an die Dinge verlieren muss, um ihnen etwas abgewinnen zu können, schien ihm nicht mehr zu sein als die Äußerung eines emotional Irregeleiteten, die vielleicht noch in der verträumten Welt der Belletristik, nicht aber in der abgeklärten Welt der Biowissenschaften eine Gültigkeit besaß.

So schritt Pankraz Hörmann in seiner Karriere weiter voran. Er optimierte seine Kenntnisse in der molekularen Medizin und wurde damit ein Protagonist in der kardiovaskulären Welt, er experimentierte sauber und weniger sauber, und er lernte, das eine publikatorisch unauffällig und intelligent mit dem anderen zu verknüpfen. Wie so oft in seiner noch kurzen beruflichen Vergangenheit wurde er auch hier zu einem Meister der Chancenausnutzung. Er schoss gewissermaßen jedes erdenkliche Tor, er gewann und er gewann wieder, denn die ebenso sehr tatsächliche wie virtuelle Welt der Biowissenschaften war ein willkommener Nährboden für Pankraz' skrupellose und opportunistische Intelligenz.

Bereits nach einer kurzen Zeit waren die ersten beiden Publikationen im Druck, bereits nach einem halben Jahr nahm der ambitionierte Deutsche, gemeinsam mit seinem amerikanischen supervisor, die wissenschaftliche Festung »Circulation« ein, nach einem weiteren halben Jahr die Festung »Nature Immunology«. Antikörper und Komplement spielten in der Myokarditis eine Rolle, natürlich taten sie das, und sie spielten diese Rolle in der Zellkultur ebenso wie in der Maus. Jaja, ein entzündliches Feuerwerk wurde aus diesem Labor in San Diego in die kardiovaskuläre Welt hinausgeschossen, und die Besucher seines Laborleiters (welche übrigens sehr zahlreich waren) kommentierten die Ergebnisse wohlwollend und anerkennend. Pankraz war erstaunt, wie leicht man in dieser Branche zum Erfolg kommen konnte. So einfach hatte er es sich nicht vorgestellt.

Er hielt auch Vorträge über seine Ergebnisse, er arbeitete mit Cartoons und Animationen, er erlernte die Techniken der wissenschaftlichen Rhetorik und des wissenschaftlichen Humors, und er lernte auch, dass argumentative Widersprüche den Fluss der wissenschaftlichen Rede empfindlich stören konnten. Wozu also Widersprüche? Das Klügste war, sie von vorneherein zu vermeiden. Die größte Kunst in der Präsentation von Experimenten lag in ihrer sorgfältigen Auswahl. Führte man zehn analoge Experimente durch, von denen drei ein Ergebnis zeigten, welches sich in den Fluss des wissenschaftlichen Vortrages fügte, so wählte man diese drei Experimente für die Präsentation aus – oder eben drei andere, die zum Beispiel das Gegenteil demonstrierten. Nicht dass Pankraz der Begriff der wissenschaftlichen Wahrheit gedanklich fremd gewesen wäre, neinnein, er war ihm, im Gegenteil, sehr präsent, denn Pankraz war klug genug zu erkennen, dass sein berufliches Umfeld eine Auseinandersetzung mit wissenschaftlicher Wahrheit verlangte. Trotzdem empfand Pankraz genussvoll seine überlegene Intelligenz: »Was ist Wahrheit?« Das hatte schon Pontius Pilatus gefragt, und nur ein Einfaltspinsel konnte von sich behaupten, er wisse es. Pankraz verstand sehr schnell, dass die geltende wissenschaftliche Wahrheit einerseits von den Zeitgenossen überhaupt verstanden werden musste und andererseits in den großen Labors Amerikas generiert, gestaltet und geschmiedet wurde.

»What is truth?« »What is life?« »What is love?" Diese Fragen stellten die wissenschaftlichen Postdocs aus aller Welt, die Liebe zur Wahrheit, das wahre Leben, die wahre Liebe wurden diskutiert und innig ersehnt. Wie in jeder anderen, leicht überdurchschnittlichen Gesellschaft drehten sich die Gespräche um nichts Geringeres als um den Sinn des Lebens, den Sinn der wissenschaftlichen Tätigkeit, das Wesen der Liebe. Irgendwann begannen die internationalen Postdocs, das theoretische Nachsinnen in gelebte Praxis zu verwandeln, sie begannen sich zu paaren, genetisches Material wurde über die Kontinentalgrenzen hinweg ausgetauscht. Wen will es verwundern, dass die Hauptperson dieser Erzählung, unser »Mann der Tat«, sich an einem solchen Austausch beteiligte. Pankraz war dabei – wie immer in seinem bisherigen Leben war er dabei.

Virginia Williams hieß die Amerikanerin mit chinesischen Wurzeln, welche Pankraz in seinen intensivierten internationalen Erfahrungsaustausch einbezog, und auch sie war sehr intelligent und sehr hübsch. »What's going to happen if I kiss you, Virginia?«, fragte Pankraz auf einem gemeinsamen Spaziergang im Anschluss an eine Diskussion über Charles Darwin und die Evolution der Arten. »The fittest will survive«, antwortete Virginia lächelnd und bot ihre dunkel pigmentierten Lippen zu einem zarten Kuss, welcher dann, trotz aller Vornehmheit des vorausgegangenen Gespräches, in einen wilden Tanz der Geschlechter mündete. Aber selbst in jenen Augenblicken, in denen Pankraz Hörmann die Amerikanerin mit chinesischen Wurzeln mit einer leidenschaftlichen Kraft unter sich liebkoste, geisterte Charles Darwin durch sein Gehirn, Gedanken an die Evolution des Lebens. Zwar hatte Craig Venter bislang weder das humane Genom sequenziert noch das erste synthetische Bakterium hergestellt, und James Thomson hatte die erste menschliche embryonale Stammzelle noch nicht in Kultur gebracht. Aber

Charles Darwins Hauptwerk stand schon lange in den Bibliotheken der Welt, Watson und Crick hatten im britischen Cambridge die DNA-Doppelhelix beschrieben und Carl Djerassi hatte mit seiner Anti-Baby-Pille die Grundfeste des menschlichen Lebens erschüttert.

Somit war es nicht verwunderlich, dass ein junger, intelligenter Mann wie Pankraz Hörmann, der von der Natur mit einem komplexen Instrument der Erkenntnis ausgestattet war, selbst in den Augenblicken der erotischen Ekstase die beobachtende Position nicht verließ. Er hatte das Gefühl, über sich zu schweben, sich selbst zu betrachten als einen Bestandteil der Evolution, als einen Erfüllungsgehilfen, der sozusagen nur zufällig der avanciertesten irdischen Rasse angehörte, aber in dieser Funktion genauso gut eine Kröte sein konnte oder ein kopulierender Stier.

Parallel zu diesen tiefschürfenden Wirklichkeitsüberhöhungen kam ihm, mitten im Augenblick der sexuellen Erfüllung, tatsächlich Verena Vollmond in den Sinn, seine transatlantische Freundin, mit der er gestern noch telefoniert hatte und die er gerade eben sozusagen transzendental betrog. Wieder empfand er eine ungeheure Kraft in seinen Gliedern, er, Pankraz Hörmann, Zuchtbulle und Alpha-Tier, rücksichtslos und stark, wo immer er sich aufhielt, ob diesseits oder jenseits des Atlantiks, ob im privaten oder im beruflichen Leben. Pankraz Hörmann. Er war ein Mosaikstein der Evolution. Er war ein Stier mit Hosen. Und seine immerwährende Aufgabe war es – zu gewinnen. Diese Aufgabe nahm er ernst.

Wie lange kann ein deutscher Postdoktorand in Amerika ein Verhältnis zu einer Amerikanerin chinesischen Ursprunges pflegen, ohne dass die Freundin in der Heimat es bemerkt? Nun ja, das geht schon eine ganze Weile: Die Telefonate mit der deutschen Freundin finden am Nachmittag statt, ein bis zweimal in der Woche, ich liebe dich. Man ruft aktiv an, um den Zeitpunkt des Telefonates selbst zu bestimmen. Den Abend hält man sich frei für das Rendezvous. Man lebt sozusagen schizophren, und muss es innerlich akzeptieren. Es ist eine Frage des unterdrückten Gewissens, oder besser gesagt – des persönlichen Selbstverständnisses.

Pankraz erschien es als Erfüllung seines vorbestimmten und natürlichen Rechtes, dass er zwei Frauen »besaß«, eine diesseits und eine jenseits des Atlantiks, und es bedrückte ihn deshalb nicht, sondern es stärkte sein Wohlbefinden. In selbstkritischen Stunden (und diese kamen durchaus vor) betrachtete er sich selbst wohl als ein gefühlloses Monster, ein rammelndes Vieh. Aber das Viehische der menschlichen Natur erschien ihm in letzter Konsequenz als nichts Verwerfliches, sondern eben als ein Resultat und eine Notwendigkeit der Evolution. »Carpe diem« – und, jaja, er pflückte den Tag und seine transatlantischen Früchte. Mit kräftigen, gierigen Händen pflückte Pankraz Hörmann die Äpfel des amerikanisch-chinesischen Paradieses, die sich ihm, dem dunkelblonden Deutschen, so bereitwillig boten.

In diesem Sumpf aus Experimenten, Betrug, Sexualität, Verrat und ehrgeiziger Arbeit wuchs eine wissenschaftliche Pflanze, die in der kardiovaskulären Welt eine ausgesprochene Wirkung entfaltete. Im Labor seines Chefs liefen die Gerüchte aus der wissenschaftlichen Welt zusammen, und das Gerücht, dass man mit dem Knochenmark von Mäusen das Herz dieser Mäuse nach Herzinfarkt wieder regenerieren könne, verbreitete sich schnell. Pankraz wurde sofort der Tatsache gewahr, dass eine Übertragung dieser Beobachtung auf den Menschen eine Revolution in der Herzmedizin bedeuten konnte. Knochenmark wurde in der Hämatoonkologie seit vielen Jahren verwendet, und die autologe Applikation, die Anwendung innerhalb eines Individuums, vereinfachte die therapeutische Nutzung sehr.

Was sprach also dagegen, einem Patienten, der einen Herzinfarkt erlitten hatte und mittels Herzkatheter und Ballondilatation behandelt worden war, Knochenmark zu entnehmen, dieses aufzureinigen und in das wiedereröffnete Herzkranzgefäß zu applizieren, um das vernarbte Myokardgewebe zu regenerieren. Dagegen sprach de facto nichts als der fehlende Mut, es zu tun. Und Pankraz, ein Mann der Tat, besaß diesen Mut natürlich. Pankraz' Laborleiter, der ein gutes Gespür für wissenschaftliche Sensationen besaß, unterstützte seinen Günstling uneingeschränkt. In einer für die klinische Forschung außergewöhnlichen Geschwindigkeit wurde eine Allianz mit der ortsansässigen Hämatologie und Kardiologie geschlossen, die positive Stellungnahme der Ethikkommission wurde kämpferisch erzwungen, und schon zwei Monate nach dem erstmals gehegten Plan wurde dem 55-jährigen Patienten Martin Hopper autologes Knochenmark in die Koronargefäße gespritzt.

Martin Hopper überlebte die Prozedur, »feasibility and safety« waren offenbar gegeben. Und bereits 30 Tage nach dem Myokardinfarkt hatte sich die echokardiografisch vermessene linksventrikuläre Funktion in dramatischer Weise gebessert. Pankraz und sein klinischer Counterpart führten die Messungen gemeinsam aus. Zugegebenermaßen hatte dieses Ergebnis einen subjektiven Aspekt, aber der Glaube versetzt Berge, und die Eventualität einer Myokardregeneration verbunden mit der Machbarkeit des Verfahrens war sensationell genug. Der »press release« folgte auf dem Fuße. Unmittelbar nach dem »case report« im International Journal of Cardiology wurden in fliegender Eile 20 Patienten mit akutem Myokardinfarkt rekrutiert, zehn davon erhielten autologe Knochenmarkstammzellen, zehn nicht, und die Auswertung mittels Echokardiografie und konsekutiver Lävokardiografie erfolgte erneut 30 Tage später. Aus Zeitgründen wurde weder eine Randomisierung noch eine Blindung vorgenommen. Wieder führten Pankraz und sein klinischer Counterpart die Messungen aus. Wieder war der Erfolg durchschlagend, die Therapiegruppe zeigte gegenüber der Kontrollgruppe ein hochsignifikant besseres Ergebnis, die prompte Publikation folgte in »Circulation« und Wissenschaftler, Presse, Offizielle der Universität und Politik gaben sich die

Klinke in die Hand, um den Forschern zu ihrem Erfolg zu gratulieren.

In dem entstehenden wissenschaftlichen Strudel wurde Pankraz Hörmann weiter nach oben gespült. Internationale Studien wurden initiiert, die das Thema Stammzellapplikation bei Myokardinfarkt randomisiert und doppelblind testeten, und Pankraz war einer der gefragtesten Beteiligten. Der Traum vom Brunnen der ewigen Jugend durchzog die Gemüter der Wissenschaftler und der übrigen Menschen, Pankraz, sein klinischer Counterpart und sein Arbeitsgruppenleiter wurden interviewt und bewundert wie Alchemisten, denen die Anmischung von Gold gelungen war, Zeitungsartikel zeigten die Männer als »Erneuerer des Herzens«, Radio und Fernsehen interessierten sich für einen der spektakulärsten Erfolge der modernen Medizin. Pankraz war klug genug, den einen oder anderen relativierenden Kommentar einzuflechten. »Kontrollierte, randomisierte, multizentrische Doppelblindstudien müssen nun zeigen, ob die Ergebnisse unserer Pilotstudien sich bestätigen«, warf er ein, aber »wird schon, wird schon« kam zur Antwort. Ja, die Sehnsucht des Menschen nach dem Spektakulären setzte sich überall durch, und die analytische Unschärfe wurde billigend in Kauf genommen. Zellen, von denen man in der Vergangenheit sicher angenommen hatte, dass sie ausschließlich zur Bildung von reifen Blutzellen in der Lage waren, wurden nun aufgrund halbseidener experimenteller Erkenntnisse für pluripotent erklärt, also für fähig zur Differenzierung in die verschiedensten Gewebe.

Pluripotenz – was für ein Begriff! Welche gleichnishafte, sinnbildnerische Tiefe haftete ihm an! Waren nicht alle an diesen Untersuchungen Beteiligten auch in irgendeiner Weise »pluripotent«? Oder strebten es zumindest an? Was trieb die kardiovaskulären Wissenschaftler dazu an, sich mit Forssmann und Grüntzig in eine Reihe zu drängen und nach dem nächsten Quantensprung im eigenen Fachgebiet zu streben? Was sollte dieser Kampf um Ruhm, Ehre und Anerkennung? Diente er ausschließlich dem vordergründigen Zweck angenehmer Lebensumstände? Wohl regelhaft. Oder der Erfüllung des Individualschicksals hinsichtlich des maximal möglichen Erreichbaren? Wohl seltener. Oder war es schlussendlich wieder nur ein Werkzeug der Evolution, welche die einzelnen Individuen gegeneinander auflaufen ließ, um für die Gattung das Optimum zu erzielen?

»Im Jahr 1546 setzte Lukas Cranach in seinem Gemälde ‚Der Jungbrunnen' dem Traum des Menschen nach ewiger Erneuerung ein künstlerisches Denkmal«, begann Pankraz Hörmann seinen wissenschaftlichen Gastvortrag an der Universität zu Köln und präsentierte das Gemälde auf einer Powerpointfolie. »Dieser Traum blieb bis heute unerfüllt. Aber, meine sehr verehrten Damen und Herren, wir befinden uns in einem Zeitalter, in dem wir uns der Erfüllung dieses Traumes nähern. Die embryonale Stammzelle ist kultiviert und differenziert in die verschiedensten Richtungen, das Klonschaf Dolly hat ein akzeptables Lebensalter erreicht, und der Nukleustransfer zeigt bisher ungeahnte technische Möglichkeiten auf.«

Er machte eine Pause und führte dann leiser fort:

»Der Beitrag, den unsere Arbeiten leisten, ist bescheidener, er konzentriert sich auf ein einzelnes Organ. Sie alle haben sich wohl schon einmal die Frage gestellt, warum ein Lurch, dem man eine Gliedmaße abschneidet, diese Gliedmaße in kürzester Zeit regenerieren kann, oder warum die Zahnreihen eines Haifisches bei Verschleiß sofort nachwachsen, während unser Herz auf einen Herzinfarkt lediglich mit einer Narbenbildung reagiert, die Funktion des infarzierten Gewebes aber verlorengeht. Der ein oder andere von Ihnen wird sagen, die Antwort läge in der Komplexität der Funktion begründet – terminale Ausdifferenzierung zur Bewältigung von Millionen Schlägen in einem Menschenleben. Aber dagegen steht das Herz des Zebrafisches: Schneiden Sie hinein, und es wächst nach. Nein, vielleicht ist die Antwort eine völlig andere. Vielleicht liegt sie in unserer Natur begründet, die neuen, bahnbrechenden Erkenntnissen erst einmal ablehnend gegenübersteht, skeptisch und negierend, ungläubig, weil ein mühsam aufgebautes Weltbild erschüttert wird und in sich zusammenbricht. Die Wissenschaftsgeschichte, sehr verehrte Damen und Herren, ist voll von Beispielen: Denken Sie an Charles Darwins ‚Entstehung der Arten‘, denken Sie an die Entdeckung der Narkose, die Entwicklung des Penicillins, oder denken Sie an Forssmann, an Grüntzig in unserem Fachgebiet: Der Erkenntnissprung, auch wenn er faktisch nur ein kleiner Schritt wäre, erscheint immer unendlich weit und gefährlich, und die Widersacher und Kritiker haben eine kaum übertönbare Stimme.«

Erneut machte er eine Pause und setzte dann fort:

»Das menschliche Herz, sehr verehrte Damen und Herren, ist regenerierbar! – Und das wirklich Erstaunliche daran ist die Tatsache, dass diese Regeneration mit relativ einfachen Mitteln erzielt werden kann. Wir verwenden die Erkenntnisse der Hämatologie, wir isolieren Knochenmark, wir applizieren es in Stop-Flow-Technik in die Herzkranzgefäße, sie siedeln sich im infarzierten Herzmuskelgewebe an, verwandeln sich dort in Herzmuskelzellen, und das zerstörte Herz wächst wieder nach. Hier ist die Evidenz!«

Pankraz Hörmann präsentierte die Evidenz: Einen Fallbericht und eine Pilotstudie mit zwei Vergleichsgruppen à zehn Patienten. Natürlich fügte er hinzu, dass eine randomisierte, placebokontrollierte, doppelblinde klinische Studie in Planung sei. Graphiken, Farbgestaltung, Zitationen, Tabellen – die Präsentation war absolut einwandfrei und hinterließ einen hervorragenden optischen Eindruck. Das Publikum klatschte und applaudierte: »Was für ein sprühender junger Mann!« Und es tuschelte voller Bewunderung.

»Hervorragend«, kommentierte ein grauhaariger Professor, der Diabetologe war, »ich habe selten einen so innovativen und doch kritischen Vortrag gehört, meine Anerkennung! Wie haben Sie das alles in so kurzer Zeit bewerkstelligt?«

Pankraz lächelte bescheiden.

»Es steckt einiges an Arbeit in diesen Erkenntnissen.«

Ein noch jüngeres Mitglied des universitären Lehrkörpers meldete sich zu Wort:

»Ich weiß nicht, Herr Kollege Hörmann, aber glauben Sie wirklich, dass man diese Ergebnisse schon Erkenntnisse nennen kann? Bislang haben Sie doch lediglich demonstriert, dass man autologe Knochenmarkzellen in die Herzkranzgefäße spritzen kann, ohne dass der Patient dabei Schaden nimmt.«

»Und dass sich ein therapeutischer Erfolg abzeichnet«, antwortete Pankraz.

»Der aber noch keineswegs nachgewiesen ist«, antwortete der Kritiker prompt. »Die Meßmethode mittels Echokardiographie ist vage und subjektiv, die Patientenzahlen sind gering.«

Pankraz nickte lächelnd. Seinem Gesicht war nicht die Spur einer Unsicherheit anzumerken.

»Ich hatte darauf hingewiesen, dass placebokontrollierte, randomisierte Multicenterstudien notwendig sind, um die Ergebnisse unserer Pilotstudie zu verifizieren«, antwortete er ruhig.

Ein älterer Herzspezialist, Abteilungsleiter der ortsansässigen Kardiologie, trat ihm zur Seite.

»Meier, mäßigen Sie sich«, sagte er, zu dem Kritiker gewandt, der offenbar sein Angestellter war. »Sie erkennen so gut wie ich die enorme Innovationskraft dieses Ansatzes«.

Meier errötete und zog sich zurück, und Pankraz lächelte ihm mit einem leisen Triumph in den Mundwinkeln zu. Innerlich empfand er wohl eine gewisse Anerkennung, eine Sympathie mit dem Fragesteller, welcher der einzige im Auditorium zu sein schien, der den wunden Punkt des Themas erkannte. Aber trotzdem: »Das Leben ist Psychologie«, dachte er innerlich, als er die restlichen, sehr respektvollen Fragen des Auditoriums parierte, und ein kurzer Blick in die Ecke des Fragenden, der demontiert auf seinem Stuhl zusammengesunken war, bestätigte ihm die Richtigkeit seiner heimlichen Gedanken.

Verena meldete ihren Besuch an. Auch sie beabsichtigte, ihrem Freund persönlich zu seinem großen wissenschaftlichen Erfolg zu gratulieren. Während seines Gastvortages in Köln hatte sich aus zeitlichen Gründen keine Gelegenheit zu einem Treffen ergeben. Sie hatten sich seit mehr als sechs Monaten nicht mehr gesehen. Pankraz blickte ihrem Besuch mit gemischten Gefühlen entgegen. Einerseits freute er sich auf Verena und ihre Brüste, an die er sich mit männlicher Begeisterung zurückerinnerte. Andererseits waren Verwicklungen zu erwarten, da sein Verhältnis zu der Amerikanerin Virginia Williams regelmäßige Formen angenommen hatte und in den Kreisen der Postdocs allseits publik war.

Pankraz wusste noch nicht genau wie, aber er wusste bereits sehr klar, dass er dieses Problem lösen wollte und musste. Zuallererst vereinbarte er mit Verena einen Besuchstermin, zu dem sich Virginia anlässlich einer wissenschaftlichen Kongressreise außerhalb Amerikas aufhalten würde. Ein Zusammentreffen der beiden Frauen wollte er in jedem Fall verhindern, nur kein Eifersuchtsduett, nur keine Szenen. Der Gedanke daran war Pankraz unangenehm. Darüber hinaus mietete er für die Zeit von Verenas Anwesenheit ein teures Hotelzimmer – um eine möglichst schöne Atmosphäre für ihrer beider Wiedersehen zu schaffen, wie er Verena gegenüber telefonisch äußerte. Das Hotel befand sich außerhalb des Universitätsdistricts und gab ihm damit eine Möglichkeit zur Diskretion.

Er konnte sich aussuchen, wen er einweihen wollte und wen nicht. Eigentlich wollte er niemanden einweihen, aber er war realistisch genug zu antizipieren, dass ein Zusammentreffen mit dem ein oder anderen seiner Freunde nicht zu umgehen war. Verena würde sie sehen wollen. Verena würde auch sehen wollen, wo er eigentlich wohnte. Dieses Thema war mit einem einzigen Ausflug zu bewältigen. Er musste nur darauf achten, dass Virginias Spuren in seiner Wohnung verwischt waren. Aber da er seine Wohnung ohnehin instinktiv spurenlos eingerichtet hatte, war das ein geringfügiges Problem.

Verena kam. Sie stand an jenem Flughafen in San Diego, an dem vor sechs Monaten sein wissenschaftlicher Höhenflug einen Anfang genommen hatte. Sie blickte ihn fragend an, als er auf sie zuging, um ihr seinen Blumenstrauß zu überreichen und sie zu umarmen. Sie war sehr schön, schlanker als früher und noch weiblicher, und sein Kuss fiel warm und weich aus. Er lächelte stark, sie lächelte glücklich. Er trug ihren Koffer durch den Flughafen und scherzte über das Gewicht des Koffers. Die Leute blickten ihnen nach. Ein schönes Paar.

Im Taxi fuhren sie zum Hotel, Verena war überrascht wegen seiner Dimensionen. Es war ihre erste Reise nach Amerika, und das Gefühl der Größe und Weite, welches jeden Mitteleuropäer in Amerika übermannt, wurde in Verena durch die Erstmaligkeit dieser Reise noch überhöht. Sie war tatsächlich überwältigt. Sie war auch davon überwältigt, mit welcher Eleganz sich Pankraz in Amerika fortbewegte, welche sprachliche Selbstverständlichkeit in seine Rede Einzug gehalten hatte, mit welcher Mühelosigkeit er die Logistik dieses fremdem Landes auszuloten schien und wie sehr er sich ganz offensichtlich nach so kurzer Zeit schon in Amerika zu Hause fühlte. Sie war stolz und fühlte sich gleichzeitig mit ihrem holprigen Schulenglisch unterlegen. Ja, Verena empfand eine eigenartige Mischung aus weiblichem Stolz, sprachlicher Unterlegenheit und nationaler Verbundenheit mit ihrem erfolgreichen Freund. Sie war froh, als sie im Hotelzimmer ankamen und wieder Deutsch miteinander sprechen konnten. Sie fuhren in den 21. Stock, Zimmer 2107. Der Hoteldiener öffnete die Tür zu einem geräumigen, modern eingerichteten Apartment. Verena ging zum Fenster und zog die Vorhänge zur Seite. Ein grandioser Ausblick über den pazifischen Ozean öffnete sich ihren Blicken.

Als Pankraz Verena in seine Arme nahm, küsste, auf das weiträumige Bett des luxuriösen Hotelzimmers legte und behutsam und zärtlich entkleidete, lief ein Glücksschauder durch ihren schönen Frauenkörper. Ein evolutionär verankerter weiblicher Instinkt lebte in ihrem Organismus auf, der biologische Instinkt nämlich, in einem sicheren und schönen Nest zu liegen und sich gänzlich den Fortpflanzungsaktivitäten widmen zu können. Hinzu gesellte sich der Instinkt, mit einem besonders starken Individuum zu schlafen. Die Kombination aus diesen beiden biologischen Instinkten in einem Frauenkörper nennt man Liebe.

Verena liebte Pankraz, und Pankraz liebte Verena. Ihre Brüste waren unvergleichlich, sie waren, wie Pankraz still und vergnügt feststellte, internationale Spitzenklasse. Es wurde eine unvergessliche Nacht in der Suite jenes Luxushotels in San Diego. Verena zerschmolz unter Pankraz' männlichen Küssen und der heißen Glut seiner Liebe in der großen Weite Amerikas. Die Kissen wurden zerwühlt, und der Pazifik rauschte. Das Licht ging an und ging wieder aus.

Pankraz' Liebesbeteuerungen, die er zwischen seinen keuchenden Atemzügen hervorstieß, waren nicht gelogen. »Ich liebe Dich.« Der große Satz, der so häufig fällt, das Salz sozusagen in der erotischen Suppe – er gehört dazu und ist im Eifer des Glücksgefechtes ja auch tatsächlich ernst gemeint. Pankraz empfand den Verrat, den er an Verena und Virginia gleichermaßen beging, nicht als solchen. Denn die beiden Frauen standen ihm ja zu. Ius primae noctis, survival of the fittest – und somit war sein seufzendes »Ich liebe Dich« wirklich nicht gelogen. Pankraz liebte eben beide Frauen, in einem abstrakten und einem fleischlichen Sinne. Sie liebten ihn umgekehrt ja auch. Jedenfalls sprach der körperliche Genuss, den Pankraz in seinen Frauen spürte, der sich in den überströmenden Augen widerspiegelte und in den gemeinsamen Liebesnächten bis zur Ekstase steigerte, sehr dafür. Virginia und Verena liebten Pankraz und erlebten berauschende Glücksmomente. Er schenkte ihnen diese Glücksmomente, und er liebte sie für den Genuss, den er selbst dabei empfand. Nein, Pankraz Hörmann log nicht.

In San Diego brach der Morgen an. Nach einem halben Jahr der Trennung hatten sich Verena und Pankraz sehr ausführlich begrüßt.

Zwei wunderbare Wochen folgten, zwei unvergessliche, träumerische Wochen. Verena erlebte einen Lebenshöhepunkt nach dem anderen. Am Tag und in der Nacht. Sie liehen sich ein Auto und fuhren an der Westküste entlang bis Santa Monica und Los Angeles. Sie atmeten die Freiheit der amerikanischen Highways. Sie schwammen im Pazifik, joggten am Strand und beobachteten die Pelikane. Sie lebten von Luft, Liebe und Hamburger. Sie durchstöberten jedes Malereimuseum, das ihnen auf ihrem Weg begegnete. Beide liebten die Malerei. Pankraz kaufte ein Bild für Verena, ein chinesisches Kranichportrait. Drei Farben schwarz, weiß und rot. Schwarz wie die Sünde, weiß wie die Unschuld und rot wie die Liebe.

Am ersten Wochenende zeigte Pankraz Verena das Labor. Sie saßen nebeneinander an der Flowbench und pipettierten frisches Medium auf die kultivierten Zellen. Verena interessierte sich sehr für die mikroskopischen Bilder, insgesamt für die Grundlagen von Pankraz' wissenschaftlichem Erfolg. Als sie die hämatopoetischen Stammzellen unter dem Mikroskop betrachteten, sagte sie zu Pankraz:

»Die sehen gar nicht so aus, als könnten sie zu Herzmuskelzellen transdifferenzieren.« Sie blickte ihn forschend an. Pankraz lächelte.

»Wer weiß schon, ob sie es tun?«, gab er zur Antwort.

»Ich denke, du weißt das, Pankraz«, entgegnete Verena. Er lächelte immer noch.

»Wir werden sehen«, sagte er und brach die Diskussion damit ab.

Später besuchten sie seine Wohnung – das war gut vorbereitet und lief nach Plan. Dann den berühmten Zoo auf dem Balboa Mountain. Pankraz blieb vor dem Affenkäfig stehen und beobachtete einen Pavian, der auf einen Baumstamm sprang, eine Erektion bekam und umgehend das neben ihm sitzende Weibchen begattete. Pankraz lachte schallend, Verena blickte ihn prüfend von der Seite an. Dann zog sie ihn in Richtung der Pandabären, die des Zoos ganzer Stolz waren und die Verena sehr gut gefielen. Sie liebte die schönen seltenen Tiere, sie liebte die Kontraste aus schwarz und weiß, die den einzigartigen Charakter des Bärenfells prägten, und sie liebte auch die Stofftiere, die in den Geschäften angeboten wurden und die Bären als Spielzeug imitierten. Wahrscheinlich war es ihr weibliches Bedürfnis nach Harmonie, das in dieser Liebe zutage trat. Jedenfalls amüsierte sich Pankraz darüber und fand es kindisch, einen Pandabären als Stofftier zu kaufen und sich zu Hause neben das Kopfkissen zu legen. Verena kaufte sich trotzdem einen Pandabären und verschloss ihn in ihrer Handtasche. Als Erinnerung.

So vergingen die Tage. Vor dem Honeymoon türmte sich die eine oder andere Wolke auf. Trotzdem befand sich Verena im siebten Himmel, die Wolken blies sie weg. Am Tag von Verenas Abreise trafen sie auf dem Flughafen eine von Pankraz' dunkelhäutigen Kolleginnen. Nach einer kurzen Begrüßung und gegenseitigen Vorstellung lächelte diese mit ihren wulstigen Lippen und fragte. »When is Virginia coming back?" »In a few days she will return from Australia, I think", antwortete Pankraz ruhig. Er errötete nicht. Verena stand neben den beiden und sagte nichts. Auch als sie sich von Pankraz am »Safety Check" verabschiedete, fragte sie nichts und sagte kaum ein Wort. Sie küsste ihn auf die Lippen und flog zurück nach Europa.

Pankraz war zu einem beruflich umworbenen Mann geworden. Die »Stammzelltherapie« des Herzinfarktes zog weite Kreise. Irritierend war für die Eingeweihten, dass die Tierexperimente, die aus Amerika berichtet worden waren und zur Entwicklung dieser Therapie geführt hatten, sukzessive falsifiziert wurden. Ja, die Regeneration von Mäuseherzen mit Blutstammzellen stellte sich mehr und mehr als ein Irrtum heraus, bewusst oder unbewusst erfunden, auf jeden Fall aber in der kritischen Welt der Wissenschaft nicht nachvollziehbar. Wie auch immer, die klinischen Studien waren initiiert und angelaufen, und selbst wenn diese Therapie an der Maus nicht funktionierte – wer weiß, vielleicht funktionierte sie ja am Menschen. Pankraz wurde von mehreren deutschen kardiologischen Abteilungsleitern hofiert und zum Rückweg nach Deutschland motiviert.

Sein ehemaliger Kommilitone Richard überredete Pankraz, nach Heidelberg zu kommen, und Pankraz bekam an der Universitätsklinik in Heidelberg eine Stelle als Oberarzt. Professor Vollmond und der Ordinarius für Kardiologie des Universitätsklinikums Heidelberg, Professor Seidel, kannten sich gut. Pankraz zog Professor Vollmond im Vorfeld zurate, und dieser gab ihm bereitwillig Auskunft. Die beiden Professoren waren sich darin einig, dass Pankraz zum Kreis der auserkorenen Ordinarien Deutschlands zählte. Aber das besprachen sie nur am Telefon.

Richard Seifert, Pankraz' ehemaliger Kommilitone und Freund, war inzwischen ebenfalls Oberarzt und hatte seinen eigenen Weg genommen. Er war von Deutschland nach England gegangen und hatte dort an der Universität Cambridge eine britische Erziehung erhalten. »Never try to proof a hypothesis« hieß die Grundregel dieser wissenschaftlichen Erziehung. Richard hatte lange darüber nachgedacht. Weil seine ersten Schritte in der Welt der Wissenschaft während seiner Promotion in Deutschland ja grundsätzlich anders verlaufen waren, hatte er diese Grundregel zunächst staunend zur Kenntnis genommen, schlussendlich aber mit Begeisterung verinnerlicht. Richard hatte sich verändert, und zwar vor allem deswegen, weil er in England Lehrer getroffen hatte, die sich den biologischen Wahrheiten mit wirklicher Begeisterung anzunähern versuchten. Sie akzeptierten den experimentellen Misserfolg als Weg zur Erkenntnis. Richard hatte gewissermaßen eine zweite wissenschaftliche Prägungsphase durchlaufen, und er hoffte, auch Pankraz für diese neu erlernten Überzeugungen gewinnen zu können. Außerdem würde Pankraz mit selbst eingeworbenen Drittmitteln den Standort Heidelberg verstärken. Darüber hinaus studierte Verena in Heidelberg. Pankraz' Weg zurück nach Deutschland war also geebnet. Zuvor allerdings musste sich Pankraz seiner transatlantischen Freundin Virginia Williams entledigen.

»We both will survive«, sagte er zum Abschied lächelnd.
»Virginia lächelte zurück. »Because we are both equally fit, aren't we?«, antwortete sie und drückte seine Hand.

Pankraz nickte.

»So long, Virginia", sagte er.

»So long, Pankraz", antwortete sie und lächelte mit einer leisen Melancholie zurück.

Damit war dieses Thema für Pankraz erledigt.

Pankraz Hörmann begann als Oberarzt in Heidelberg. Von Anfang an erhielt er Professor Seidels volle Unterstützung, und er gewann auch im Hinblick auf seine klinische Ausbildung rasch an Boden.

Richard und Pankraz hatten ihre Arbeitsgruppen fusioniert und gemeinsame Laborbesprechungen eingerichtet. Verschiedene Themen, aber einvernehmliche Nutzung von Ressourcen und Methoden – so lautete die gegenseitige Absprache. Die beiden ehemaligen Kommilitonen spielten mit einer Verbundenheit aus vergangenen Zeiten auf, aber in der Gegenwart prallten in diesen Laborbesprechungen sehr verschiedene Welten aufeinander. Schnelle Erfolge gegen kunktatorische Gründlichkeit oder das wissenschaftliche Amerika gegen das wissenschaftliche Großbritannien des ausgehenden 20. Jahrhunderts, so die Zusammenfassung des Konfliktes in wenigen Worten.

Richard betrachtete die Westernblots und Polymerasekettenreaktionen, die im Nachbarlabor erzeugt und publikatorisch verwertet wurden, mit einer Mischung aus Interesse und Abscheu. Sehr schnell wurde er der Tatsache gewahr, dass Pankraz die Zeit in Amerika verwendet hatte, um die in Deutschland erlernten experimentellen Skrupellosigkeiten weiter zu vertiefen. Er stellte ihn das ein oder andere Mal anhand eines konkreten Experimentes zur Rede. Pankraz hörte zu. Zwei Monate lang betrachtete er seinen Freund Richard neugierig und hörte sich dessen Fragen schweigend an. Dann sprach er mit Professor Seidel und trennte seine Arbeitsgruppe von derjenigen seines ehemaligen Freundes Richard ab. Pankraz machte kurzen Prozess. Sein Antrag an die Deutsche Forschungsgemeinschaft auf Gewährung einer Sachbeihilfe, bei dessen formaler Erstellung Richard ihm noch geholfen hatte, war inzwischen genehmigt worden. Er war also finanziell unabhängig und konnte sich die Trennung leisten.

Professor Seidel unterstützte ihn. Von Richard und seiner kunktatorischen »wissenschaftlichen Kaffeesatzleserei«, wie er es zu nennen pflegte, hielt er ohnehin nicht viel. Sie brachte seiner Abteilung zwar zunächst Geld ein, war aber in seinen Augen viel zu spezialisiert und konsumierte zu viel Zeit. Ihr fehlte die »Sexyness«, wie es im Jargon grauhaariger, unfruchtbar gewordener Begutachter hieß. Und auch die internationalen Reviewer seiner Artikel machten ihm das Leben sehr schwer, denn er vertrat eine Hypothese zur Krankheitspathogenese der Arteriosklerose, die zwar unscheinbar, aber doch überraschend war und im Falle ihrer Bestätigung eine schwer zu überschauende Schlagkraft besitzen konnte.

Pankraz hingegen setzte seine Erfolgsserie fort und war das Aushängeschild der Abteilung. Die Deutsche Forschungsgemeinschaft hatte seinen Antrag, in dem er die biologischen Grundlagen der »Stammzelltherapie« des Myokardinfarktes erforschen wollte – also Zellfusion, parakrine Effekte oder tatsächliche »Transdifferenzierung« von hämatopoetischen Stammzellen zu Herzmuskelzellen -, als »außerordentlich wertvoll« erachtet und eine für deutsche Verhältnisse beachtliche Summe Geldes genehmigt. Zwar mehrten sich international die kritischen Stimmen, denn ganz offensichtlich hatte die intrakoronare Applikation hämatopoetischer Stammzellen ja zumindest im Tiermodell überhaupt keinen Effekt. Aber die beiden Gutachter seines

Antrages gehörten sozusagen der wissenschaftspolitischen Glaubensgemeinschaft an. Das Geld wurde genehmigt und war für einige Jahre verfügbar. Pankraz investierte es in die Errichtung seines Imperiums. Er stellte zwei Medizinisch Technische Assistentinnen an und zwei Biologen, die über dieses Thema promovieren sollten. Einer der beiden war Bulgare. Er hieß Emanuilov Berbatov, kam aus Sofia, hatte dunkle Augen und ein fahriges Wesen. Die Biologin hieß Anja Helmer und war sehr hübsch.

Um seine internationalen Verflechtungen auszuweiten, versandte Pankraz die beiden Biologen zu einem jeweils zweimonatigen Forschungsaufenthalt in das Labor seines ehemaligen Gastgebers in San Diego. Pankraz hatte früh erkannt, dass diese Verflechtungen dauerhaft über seinen Erfolg oder Misserfolg entscheiden würden, denn die publikatorische Macht, die in diesem Geschäft ja gewissermaßen alles war, lag in den Händen der Amerikaner, die Editorial Boards der entscheidenden Journals wurden von ihnen besetzt. In einem System, in dem die wissenschaftliche Konkurrenz durch anonyme Begutachtung über die Annahme oder Ablehnung von Forschungsanträgen und Publikationen entschied, war es wichtig, viele Freunde und wenige Feinde zu haben. Auch den größten Unsinn konnte man mit zwei gewogenen Gutachtern in den besten Zeitschriften unterbringen. Pankraz wusste, dass es in machtpolitischer Hinsicht galt, den Rahmen zu spannen, die Inhalte würden von selbst folgen. »Networking« hieß der Terminus technicus für diese Taktik.

Und wieder ging sie auf. Pankraz erwarb sich Geld und Einfluss, und mit beidem gemeinsam stieg wie selbstverständlich seine wissenschaftliche Glaubwürdigkeit. Eine Publikation gab der anderen die Hand, »keine Circulation-Ausgabe ohne Herrn Hörmann« flüsterten die Oberarztkollegen anerkennend, und nur Richard schwieg sich aus. Dieses Schweigen wurde als Neid interpretiert. Das Recht lag auf der Seite des Mächtigen, die Macht war eine Frage des Geldes, und das Geld befand sich bei Pankraz Hörmann. Also hatte Pankraz Hörmann recht. Denn eigentlich ist so das Leben. Und eigentlich auch wieder nicht. Das ahnte auch Pankraz. Aber diese Ahnung war vage, diese Wahrheit war weit entfernt, die Pfade dorthin so verschlungen, dass Ahnung und Wahrheit in der Gegenwart keine Rolle spielten. Hier zählte nur die Macht.

»Richard Seifert ist ein schwieriger Mensch«, sagte Professor Seidel zu seinem Kollegen Vollmond, als sie sich angelegentlich eines Kongresses zur kardiovaskulären Pathologie in Hamburg trafen. Vollmond hatte ihn nach dem jungen Mann gefragt, weil er eine Publikation von ihm gelesen hatte, die in der Herz- und Gefäßmedizin auf ein beachtliches Interesse gestoßen war. Koautor dieser Arbeit war Seidel selbst.

»Inwiefern?«, fragte Vollmond zurück und begrüßte einen dritten Kollegen aus Freiburg, der sich zu ihnen gesellte.

»Ein Purist«, antwortete Seidel, und wandte sich erklärend an den Kollegen Koch aus Freiburg. »Wir sprechen gerade über meinen Mitarbeiter Seifert.«

»Der eine recht interessante Arbeit publiziert hat«, antwortete Koch prompt.

»Jaja«, antwortete Seidel lächelnd, »er kommt aus einer guten Abteilung.«

Vollmond und Koch lächelten zurück.

»Sie haben also die Idee gehabt, Herr Kollege Seidel, und er hat sie nur umgesetzt?«, fragte Vollmond. »Warum sind Sie dann nicht Letzt- und Korrespondezautor?«

»Gewissermaßen hatte ich die Idee selbst«, antwortete Seidel und fügte hinzu: »Natürlich hat er auch seinen eigenen Beitrag geleistet. Aber ich diskutiere in der Tat sehr viel über wissenschaftliche Themen mit meinen Mitarbeitern. Seifert ist allerdings der Meinung, dass seine Gruppe autark ist, deshalb hat er auf der Autorenregelung bestanden.« Er lächelte ironisch.

»Wie ungeschickt«, sagte Koch und setzte hinzu: »Eigenständige wissenschaftliche Talente sind etwas sehr Seltenes. Auch die Mitarbeiter meiner Arbeitsgruppen sind nicht eben Autodidakten.«

Vollmond und Seidel lächelten selbstgefällig. Es war allen dreien vollkommen klar, dass sie selbst zu den eigenständigen wissenschaftlichen Talenten gehörten.

»Habe ich nicht in Erinnerung, dass Sie von dem Thema ‚Entzündung und Arteriosklerose' immer sehr wenig gehalten haben, Herr Seidel?«, fragte Koch unvermutet. »Ich habe Äußerungen wie ‚Kaffeesatzleserei' und ‚wissenschaftliches Schattenboxen' in Erinnerung.«

Seidel war sichtlich unangenehm berührt. Dann gewann er jedoch sehr schnell seine Fassung wieder und lächelte.

»Eine kritische Haltung ist der Sache oft eher dienlich, nicht wahr?«, sagte er.

»Aber sicher, Herr Kollege Seidel«, antwortete Vollmond. »Und nach positivem Ausgang darf man sich der Gruppe der Erfolgreichen dennoch ungestraft anschließen, oder?«, fügt er augenzwinkernd hinzu.

»Ich sehe schon, dass ich es mit sehr intelligenten und erfahrenen Berufskollegen zu tun habe«, entgegnete Professor Seidel lachend, nahm seine Kollegen links und rechts in den Arm und führte sie zum Buffet.

Unter der Erstautorenschaft von Pankraz Hörmann und der Letztautorenschaft von Andreas Seidel erschien in einem renommierten internationalen Journal die erste randomisierte Multicenterstudie zur intrakoronaren Applikation hämatopoetischer Stammzellen bei Herzinfarktpatienten. Die 6-Monatsergebnisse zeigten eine signifikante, wenn auch marginale Verbesserung der Herzfunktion in der Gruppe der Patienten, welche Stammzellen erhalten hatten. Die zentrale, geblindete Auswertung war in Pankraz' Labor durchgeführt worden. Eine Subgruppenanalyse ergab, dass die Patienten mit großen und nicht ganz frischen Herzinfarkten am meisten profitierten.

»Die jahrelange Arbeit im Labor hat sich ausgezahlt«, jubelten Professor Andreas Seidel und der neu ernannte außerplanmäßige Professor Pankraz Hörmann, und überall waren glänzende Fotos zu sehen, Interviews reihten sich an Interviews.

Emanuilov Berbatov und Anja Helmer schwiegen, wenn sie angesprochen wurden. »Schon, äh, ganze interessante«, antwortete Berbatov in seinem gebrochenen Deutsch ausweichend auf die Frage eines Reporters, wie es sei, in einem so erfolgreichen Labor zu arbeiten. Der Reporter verlor das Interesse. Auch im Nachbarraum, in dem Richard Seifert mit seinen Mitarbeitern tätig war, fragte er nach, ob es nicht von großem Vorteil sei, neben einer so aktiven und erfolgreichen Arbeitsgruppe tätig zu sein. Richard antwortete, dass er die Themen, die Art zu arbeiten und die Veröffentlichungen aus dem Nachbarlabor mit Interesse verfolgen würde. Zwar fragte der Reporter Richard noch nach den eigenen Untersuchungen, wartete aber die Antwort kaum ab und suchte während Richards Ausführungen mit den Augen bereits nach dem Ausgang. Richard nahm es zur Kenntnis.

Pankraz Hörmann war der Mann der Stunde. Tatsächlich, und für Deutschland außergewöhnlich, interessierte sich sogar die Boulevardpresse für den erfolgreichen jungen Wissenschaftler mit den schönen, seltsamen, wasserblauen Augen. Eines der führenden Trendmagazine publizierte die glänzenden Bilder, und die Professoren Hörmann und Seidel erwarben sich eine beachtliche Popularität. Natürlich gab es Neider. Natürlich gab es Menschen, denen der Erfolg des jungen Mannes nicht schmeckte. Natürlich flammten leise Diskussionen über Seriosität in der Wissenschaft auf, über die Validität der Daten, über das Thema »Vermarktung« wissenschaftlichen Erfolges, über Wissenschaft und Magie – aber niemand konnte Pankraz vorwerfen, dass er den Weg von der initialen klinischen Testung über die Pilotstudie bis zur ersten randomisierten Multicenterstudie nicht gegangen war. Auch der Vorwurf, dass die experimentelle Basis nicht sauber wäre, traf ihn nicht persönlich, denn die

Mausexperimente stammten nicht von ihm. Seine klinischen Daten zeigten einen positiven Effekt. »Daten sind Daten«, hielt er immer wieder dagegen, wenn er kritische Stimmen zu parieren hatte. Professor Seidel nickte und betrachtete Pankraz mit unverhohlener Anerkennung. »Was für ein geschickter junger Mann«, dachte er und zog innerlich den Hut.

Richard Seifert hatte sich in einer öffentlichen Diskussion auf der Jahresversammlung der Deutschen Kardiologischen Gesellschaft gegen die Stammzelltherapie des akuten Myokardinfarktes ausgesprochen und auch die Validität der bisherigen Daten offiziell in Frage gestellt – allerdings ohne über Personen zu sprechen, welche diese Daten erhoben hatten. Gleichzeitig war von einer führenden Arbeitsgruppe der wissenschaftlichen Welt ein Übersichtsartikel erschienen, der Richards Ideen zur Pathogenese der Arteriosklerose nachdrücklich infrage stellte.

Professor Seidel hatte ihm diesen Übersichtsartikel ärgerlich auf den Schreibtisch geworfen. Sein Gesicht war rot vor Wut. »Seifert, Sie wagen es, unseren Leistungsträger Hörmann offiziell zu diskreditieren, während Ihre eigenen Arbeiten von einem der renommiertesten Labors der Welt, für jeden nachlesbar, international angezweifelt werden?«

»Daten sind Daten«, antwortete Richard Seifert ironisch lächelnd.

»Ich finde Ihre Ironie schlichtweg fehl am Platze«, entgegnete Herr Professor Seidel scharf.

Richard blickte ihm ins Gesicht.

»Erstens, Herr Professor Seidel, habe ich Herrn Hörmann keineswegs öffentlich diskreditiert, sondern lediglich über meine Zweifel hinsichtlich seines Kardinalthemas gesprochen ...«

»Das kommt auf dasselbe heraus, wenn man einer Abteilung entstammt«, unterbrach ihn Seidel.

»Und zweitens bin ich tatsächlich der Meinung, dass der von unserer Arbeitsgruppe beschrittene Weg der richtige ist, auch wenn sich die wissenschaftliche Welt gegen unsere Hypothesen stellt«, setzte Richard seine Antwort unbeeindruckt fort.

Seidel ballte unsichtbar die Fäuste. »Du kleine überhebliche Ratte«, dachte er innerlich, »dir werde ich es beibringen«. Äußerlich aber wurde er sehr ruhig.

»Ich sehe, Sie sind unbelehrbar, Seifert«, antwortete er nach einigem Nachdenken. »Da aber auch Sie für meine Abteilung eine gewisse Bedeutung besitzen, möchte ich die Sache auf sich beruhen lassen. Die Diskussion ist hiermit beendet.«

Richard Seifert erhob sich. Er betrachtete seinen Chef für kurze Zeit nachdenklich. Seidel winkte in Richtung Tür. Richard verließ den Raum.

Pankraz Hörmann wurde gefördert und mit Preisen versehen. Er wurde, trotz seines noch jugendlichen Alters, zu allen Ordinariatsausschreibungen in Deutschland als Bewerber eingeladen. Richard hingegen, der nach dem Gespräch mit seinem Abteilungsleiter durchaus verstanden hatte, dass Heidelberg für ihn selbst ohne Zukunftschancen war, bewarb sich umsonst. Er bekam keine Chance, die verschiedensten Argumente sprachen gegen ihn: Seine Forschung sei unseriös, nicht valide. Er sei ein schlechter Kliniker. Es fehle ihm an den menschlichen Fähigkeiten zur Führung einer kardiologischen Abteilung. Professor Seidel führte viele Telefongespräche – so lange, bis diese »Tatsachen« in Deutschland allgemein bekannt waren. Seine Forschungsaktivitäten durfte Richard allerdings fortsetzen, Forschungsgelder warb er zunächst mehr ein als je zuvor.

Pankraz Hörmann wurde zum stellvertretenden Abteilungsleiter ernannt und damit Richards Vorgesetzter. Die Professoren Andreas Seidel und Pankraz Hörmann spielten sich sozusagen die Bälle zu, in der Abteilung vor Ort, in den universitären Gremien und in der kardiologischen Fachgesellschaft. Die »Stammzellforschung« wurde offiziell zum neuen Schwerpunktthema der Abteilung deklariert, ein eigenes Stammzellinstitut wurde gegründet. Andreas Seidel, Pankraz Hörmann und befreundete Professoren der Universität saßen ihm gemeinsam vor. Externe Referenten wurden geladen, das große Netz der wissenschaftlichen Freundschaften wurde weiter gewoben. Starke und intelligente Giftspinnen woben dieses Netz.

Richard Seifert und seine Wahrheit verfingen sich darin. Jede Bewegung Richards, jeder Verteidigungsversuch, den er unternahm, wurde belächelt und führte zu einer noch tieferen Verstrickung in die klebrigen Fäden des Netzes. Die internationale Kritik an seinen Publikationen wurde ihm Tag für Tag vor Augen geführt und zum Anlass genommen, ihm wissenschaftliche Doppelzüngigkeit vorzuwerfen. Experimente aus seiner Arbeitsgruppe, welche die initialen Interpretationen unterstützten, wurden als wishful thinking bezeichnet. Nur Emanuilov Berbatov und Anja Helmer, die Biologen aus Pankraz Hörmanns Labor, betonten immer wieder, dass die Experimente aus dem Nachbarlabor kompliziert, aber sauber und nachvollziehbar seien. Pankraz verlängerte daraufhin ihre Verträge nicht, und sie wurden entlassen. Richard stellte sie über seine Restgelder ein, die aber nun doch langsam zur Neige gingen, weil die Unterstellungen und Gerüchte über seine Forschung nach außen getragen wurden und die Gutachter der deutschen Gremien misstrauisch wurden. Es gab in Deutschland keine Plattform, auf der Richard sich verteidigen konnte. Seine Beiträge auf der Jahrestagung der Deutschen Gesellschaft für Kardiologie wurden von den Gutachtern regelmäßig abgelehnt, zu Hauptvorträgen wurde er nicht eingeladen, nur seine internationalen Beiträge wurden noch akzeptiert.

»Das Leben ist nicht leicht«, sagte Anja Helmer zu Richard Seifert und lächelte.

Richard blickte ihr in die Augen.

»Vielleicht können wir dieses Thema einmal unter vier Augen besprechen?«, fragte er vorsichtig an.

»Gerne« antwortete Anja Helmer. »Wenn Sie mir zu diesem Anlass ein Glas Rotwein spendieren.«

»Ich werde darüber nachdenken«, antwortete Richard und lächelte zurück.

Richard und Anja tranken ein Glas Rotwein an der alten Brücke, stiegen die steinernen Treppen hinauf und spazierten langsam den Philosophenweg entlang. Es war Frühling, der Abend war lauwarm, und die Narzissen blühten. Das Neckartal lag zu ihrer Linken, das Alte Schloss und die Viktor von Scheffel-Terrasse dominierten den Ausblick zur gegenüberliegenden Talseite.

»Ich mag die Arbeit in Ihrer Arbeitsgruppe sehr«, sagte Anja. »Ich mag das Thema und ich mag die Ehrlichkeit.«

»Damit stehen Sie derzeit leider fast alleine da, Anja«, antwortete Richard. »Das Thema verärgert, und die Ehrlichkeit wird angezweifelt.«

»Erfüllung ist schwer von Wunden – wenn es Erfüllungen sind«, gab Anja nach einigem Nachdenken leise zur Antwort.

Richard schwieg. Er war überrascht, an dieser Stelle einen seiner Lieblingsdichter zu hören.

»Ich bin erstaunt, dass Sie Gottfried Benn zitieren«, sagte er. Sie blickte ihn an.

»Und ich bin überrascht, dass Sie das erkannt haben«, entgegnete Anja. »Mein Vater hat Gottfried Benn geliebt«, fügte sie nach wenigen Minuten hinzu.

»Ihr Vater lebt nicht mehr?«, fragte Richard.

»Nein, er ist vor sieben Jahren bei einem Autounfall ums Leben gekommen«, antwortete Anja traurig.

»Das tut mir leid«, sagte Richard.

Sie gingen eine Weile schweigend nebeneinander her und betrachteten die Blumen. Schließlich blieb Richard stehen.

»Glauben Sie wirklich, Anja, dass sich unsere wissenschaftlichen Kämpfe lohnen? Glauben Sie wirklich, dass es sich auszahlt, eine jahrelange Auseinandersetzung mit einem System zu pflegen, das man einerseits verabscheut, aber andererseits braucht? Sicherlich, in den Dichterversen klingt es gut. Erfüllung ist ja schon schwer von Wunden. Aber wie lange hält man diese Wunden aus?«

»Für irgendetwas muss man kämpfen«, antwortete Anja prompt.

Richard lächelte.

»Sie haben offenbar sehr klare Überzeugungen«, sagte er.

»Ja, die habe ich«, entgegnete Anja. »Zumindest wenn es um solche Themen geht. Man hat nur ein Leben und muss sich deshalb sehr genau überlegen, womit man sich beschäftigt.«

»Klingt ein bisschen altklug«, sagte Richard und lächelte.

»Mag schon sein, Richard«, antwortete sie zornig.

Er blieb stehen, zog sie an sich und küsste sie.

»Einverstanden, Anja, bleiben wir beim Du«, sagte er dann.

Jetzt war es nicht mehr nur der Zorn, der ihre Wangen rötete.

»Richard«, sagte sie, »von mir aus können wir uns weiter küssen – aber nur, wenn du nicht aufgibst«.

Er blickte sie an.

»Einverstanden«, sagte er dann und küsste sie weiter.

Ein Italiener lief vorbei. »Amore!« rief er laut aus und lachte. Anja und Richard lachten zurück.

»Es wird Zeit für Sie, Ihre langjährige Freundin Verena Vollmond zu heiraten«, hatte Professor Seidel Pankraz Hörmann zu verstehen gegeben. »Auch an Kinder sollten Sie denken. Sie werden sonst in der akademischen Welt nicht als normaler Mensch angesehen«, hatte er lächelnd hinzugesetzt. »Für den Erhalt Ihrer endgültigen Position ist die Familie ein nicht zu unterschätzendes Kriterium. Ich habe meinen Freund Vollmond bereits darauf hingewiesen. Als junger Mensch sollte man immer nach dem Höchsten streben, und wenn Sie das Höchste erreichen wollen, dann sollten Sie jetzt heiraten.«

Pankraz dachte über dieses Gespräch nach. Er ging spazieren, zog sich auf die alte Brücke zurück, lehnte sich über die Mauer und betrachtete den braunen Neckar. Er dachte an die Frauen seines bisherigen Lebens, an Eva, an Verena und Virginia, und er dachte an Verenas Besuch in Amerika, an die Nacht ihres Wiedersehens in San Diego, an den kurzen und schmerzlosen Abschied von Virginia. Er sann auch über die Liebe nach. Die Frau, die man heiratete, sollte man bekanntlich lieben. Liebte er Verena? Er musste plötzlich wieder einmal an Gregor Bisalski denken, den frühreifen, psychisch labilen Freund seiner Kindheit und Jugend und an eine Diskussion, die sie anlässlich einer gemeinsamen Lektüre irgendwann einmal geführt hatten.

»Was ist eigentlich die Liebe?«, hatte ihn der blasse Gregor gefragt. »Keine Ahnung«, hatte Pankraz damals geantwortet. Wenn er sich selbst gegenüber ehrlich war, wenn er die Antworten gegeneinander abwog, die er heute, 15 Jahre später, auf diese Frage hätte geben können, musste er sich eingestehen, dass er immer noch keine bessere Antwort wusste. Es gab die Liebe der Romantik, welche die Frauen zu Zielscheiben edler Sehnsüchte hochstilisierte. Mädchen mein Mädchen wie lieb ich Dich … Und als es nichts wurde, brachte Werther sich um. Es gab die naturwissenschaftliche Liebe des 20. Jahrhunderts. Eine Frau ist etwas für eine Nacht, und, wenn es schön war, noch für eine zweite. Und es gab seit vielen Jahrhunderten jene Art von Liebe, die das Thema sozusagen kaufmännisch regelte. Aber weder die romantische noch die naturwissenschaftliche noch die kaufmännisch geregelte Liebe waren eine Basis für die Ehe.

Über die Frage, warum ich Verena heiraten sollte, kann ich zwar ausführlich nachdenken, aber zu einem Ergebnis werde ich nicht kommen, sagte sich Pankraz. Ich mag sie, sie hat schöne Brüste, und für meine Karriere ist eine Ehe mit ihr nur von Vorteil. Er lächelte. Ich muss mir im Gegenteil die Frage stellen, warum ich sie nicht heiraten sollte. Er lächelte wieder. Mir fällt kein Grund ein. Also werde ich sie heiraten.

Verena Vollmond und Pankraz Hörmann heirateten. Die Hochzeitsfeier, die sich an die kirchliche Trauung unmittelbar anfügte, fand in einem Schloss statt. Professor Vollmond ließ sich nicht lumpen. Die Buffets und Tanzflächen verteilten sich über verschiedene Etagen, die Gänge des Schlosses wurden mit Kerzen ausgeleuchtet. »You give me fever« war das verliebte Motto der beiden füreinander Bestimmten. Es fand sich in den vielfältigsten optischen Variationen in das Interieur des Schlosses integriert, altdeutsche Schriftzüge überzogen die antiken Schränke, auf der historischen großen Rittertafel bildeten überkreuzte Schwerter das Wort »fever« aus, und im zentralen Ballsaal strahlte ein kristalliner Kerzenleuchter »fever« flackernd an die steinerne weiße Decke des Saals.

Das Hochzeitsmahl überschritt seinen Höhepunkt, die verschiedenen opulenten Gänge waren von tastenden Gesprächen unterbrochen worden, der Alkohol begann langsam zu wirken, »fever« erhitzte den Saal, und Pankraz Hörmann erhob sich und schlug gegen das Glas, um seine Hochzeitsrede zu halten:

»Liebe Eltern und Schwiegerelternn«, sagte er »liebe Verwandte, liebe Freunde und Gäste, Verena und ich freuen sich außerordentlich darüber, dass ihr diesen schönsten Tag unseres Lebens mit uns feiert. Wir haben uns von Vorgängern sagen lassen, dass der heutige Tag zu den großen Zäsuren im Leben zählt. Das Außerordentliche an solchen Tagen ist ja, dass man wieder einmal alle seine Verwandten trifft, seine Freunde, Weggefährten der Vergangenheit und Förderer. Vielfach vereint sich alles in einer Person, der Freund ist der Weggefährte, der Verwandte ist der Förderer, der Förderer ist der Freund – darauf werde ich noch zurückkommen. Zunächst aber bin ich sehr froh darüber, dass meine Frau Verena hier neben mir sitzt.«

Er gab ihr einen Kuss, und sie küsste ihn zurück.

»Es ist mehr als sieben Jahre her, dass ich, einer Einladung folgend, mit klopfendem Herzen an der Tür meines damaligen Vertrauensdozenten Herrn Professor Vollmond klingelte und Verena zum ersten Mal sah. Mir fielen einige Details sofort ins Auge,« (hier lächelte er unmerklich) »unter anderem ihre schönen Füße,« (hier lächelten die Zuhörer) »die in ebenso schönen schwarzen Lackschuhen steckten. Es gab Saltimbocca alla romana. Wir sprachen über die Zirbeldrüse, über den Freitod und über die Chancen und Möglichkeiten, welche die Medizin einem Berufsanfänger bietet.« Er lächelte wieder. »Wir haben unsere Chancen seitdem in der Tat beim Schopf ergriffen und auf dem Weg zum heutigen Tag viele Fortschritte erzielt, Verena. Und das, obwohl wir zwischenzeitlich auch einmal mehr als ein Jahr durch den atlantischen Ozean voneinander getrennt waren.«

An dieser Stelle hätte der einfühlsame Beobachter eine verhaltene Melancholie in den Augen Verenas entdecken können. Verenas Mutter zuckte kaum merklich mit den Beinen, Professor Vollmond verzog keine Miene. Pankraz führte seine Rede unbeirrt fort:

»Jetzt sitzen wir alle in diesem Raum beisammen, unsere Eltern, unsere Schwiegereltern, die Geschwister, die Freunde. Ich bin sehr froh, dass meine Mutter hierhergekommen ist und neben meiner Ehefrau am Tisch sitzt, dass meine Brüder aus der Eifel angereist sind, denn ich liebe sie sehr. Wie weit der Weg von der Eifel an diesen Tisch ist, das weiß ich ja selbst am allerbesten.«

Hubertus und Titus schienen sich über diese Bemerkung zu freuen, sie bemerkten ihre Doppeldeutigkeit offenbar nicht.

»Sehr stolz bin ich darauf«, setzte Pankraz seine Rede fort, »dass so bedeutsame Menschen unserer Einladung gefolgt sind wie zum Beispiel die Professoren Altmann, Seidel und Vollmond sowie mein amerikanischer Mentor Professor Douglas Tiefen.«

Der Begriff »bedeutsame Menschen« rief auf den Gesichtern der Erwähnten eine globale Mimik der bescheidenen Zufriedenheit hervor, äußerlich abwehrend zwar gegen ein zu viel an Komplimenten, aber doch voll heimlicher Zustimmung.

»In allen diesen Menschen«, sprach Pankraz weiter, »mischen sich die Ebenen, die ich vorhin angedeutet habe. Professor

Altmann und Professor Tiefen sind Freunde und Förderer zugleich, Professor Seidel ist mein Chef ebenso sehr wie mein Freund, und Professor Vollmond, mein ehemaliger Vertrauensdozent, ist nun auch mein Schwiegervater.« Er lächelte wieder. »Wir sind also gut vernetzt, wie man das heutzutage auszudrücken pflegt. Und mal sehen, wie weit das noch führt.« Er blickte sich um. Seine Augen blieben bei Anja und Richard stehen. »Ich freue mich außerdem darüber, dass einige Studienkollegen und Mitarbeiter hier sind, mit denen man viele Jahre vertrauensvoll und konstruktiv zusammengearbeitet hat, allen voran Richard Seifert, der schon im Studium immer an Position 1 stand.«

Richard lächelte ein wenig gequält in die Runde und schüttelte den Kopf. »Ist er nicht zuckersüß«, flüsterte Anja ihm leise zu, »immer das richtige Wort an der richtigen Stelle«. »Dieselbe Schlange wie eh und je«, antwortete Richard, ebenfalls im Flüsterton.

Anschließend fand Pankraz auch für jeden anderen der Gäste noch das richtige Wort, viel Lob, viel Anerkennung, den Freunden gezollt, und am Schluss beugte er sich zu seiner frisch vermählten Gattin hinunter und gab ihr einen langen und intensiven Kuss. Die Gäste klatschten. Dann folgte eine kurze Rede von Herrn Professor Vollmond, der alle Geladenen als eine große Familie bezeichnete und mit Charme und Höflichkeit zu einem fröhlichen Abend einlud.

Nach dem Hochzeitswalzer, den Pankraz und Verena unter dem kristallinen Kerzenleuchter in vollendet schwungvoller Weise ausführten, begannen sich die Paare zu mischen. Verena tanzte mit ihrem Vater, Pankraz tanzte kurz und pflichterfüllend mit seiner dicken Mutter, die, wie bereits zur Sprache gekommen, mit ihren beiden anderen Söhnen Titus und Hubertus (der eine Busfahrer, der andere Metzgermeister) aus der Eifel angereist war und an dem großen Familientisch saß. Nicht, dass er sich seiner Mutter geschämt hätte, diese Zeiten waren längst vorüber, aber er reduzierte das Tanzen mit ihr auf das gesellschaftlich Notwendigste. Es war auch technisch schwierig genug, sie um ihre eigene Achse zu drehen. Und dieses Experiment ließ eben jene Eleganz vermissen, die Pankraz sonst ja in all seinen Bewegungen eigen war.

Es folgten die Tänze, welche keine Rücksicht auf verwandtschaftliche Bande zu nehmen hatten. »Fever, you give me fever«. Und auch Richard Seifert und Anja Helmer tanzten. Sie tanzten wundervoll, alle Gäste blickten ihnen nach, schon deshalb, weil sie sehr glücklich wirkten. Diese Strahlkraft wurde allgemein wahrgenommen, sie stahl auf ihre zurückhaltende Art dem Hochzeitspaar die Schau, und somit konnte sie auch Pankraz Hörmann nicht entgehen. Er betrachtete Anja und Richard mit seinen seltsamen wasserblauen Augen aus einem dunklen Winkel des Ballsaals. Vor allem betrachtete er Anja Helmer, seine ehemalige Biologin, und er sah, wie hübsch sie war. Eine Mischung aus Ärger und Bedauern stieg in ihm auf. Wie konnte er diese Tatsache bislang übersehen haben? Er betrachtete auch Richard Seifert, seinen Kollegen, der ihm im Beruf taktisch unterlegen war, der dank Pankraz' Stellung als leitender Oberarzt der Abteilung sein Nachgeordneter war und der es tatsächlich wagte, ihm hier angelegentlich seiner eigenen Hochzeitsfeier mit seiner eigenen ehemaligen Biologin auf der Tanzfläche die Schau zu stehlen.

Pankraz empfand das als Affront. Aber er ließ sich nichts anmerken. Wieder einmal war in seinen Gesichtszügen keinerlei Gefühlsregung erkennbar, und nicht einmal seine Ehefrau Verena bemerkte die finsteren Wolken hinter seinen wasserblauen Augen. Er verhielt sich höflich, begrüßte die Gäste nacheinander, plauderte freundlich mit ihnen, besuchte die Gruppen. Insbesondere besuchte er die Gruppe seiner medizinisch-politischen Wegbereiter. Die Professoren Vollmond, Altmann und Seidel und sein amerikanischer Mentor Dr. Douglas Tiefen saßen am Ehrentisch, dem VIP-Tisch, und Pankraz gesellte sich hinzu. Seine Ehefrau Verena Hörmann-Vollmond nahm am Familientisch Platz.

»Ich möchte Sie zu Ihrer Eheschließung mit der Tochter unseres Kollegen nach aller Form beglückwünschen«, sagte Professor Seidel zu Pankraz, als dieser sich zu ihnen setzte. »Aus meiner Sicht haben Sie damit ein ganz großes Los gezogen«.

Professor Vollmond lächelte selbstgefällig. Pankraz lächelte, mit einem Seitenblick auf seinen Schwiegervater, ebenfalls.

»Nun ja, man tut, was man kann«, antwortete er dann. »Verena ist eine wunderbare Frau«.

Professor Altmann blickte verschmitzt in die Runde. »Es laufen einige wunderbare Damen hier im Ballsaal herum, nicht wahr?«, sagte er dann.

Professor Seidel blickte ihn amüsiert und forschend an. »Oho«, sagte er, unser ewiger Junggeselle wird wieder einmal vom Jagdfieber ergriffen? Aber sagen Sie nur, Herr Kollege, welche Blume erregt denn Ihre Aufmerksamkeit besonders?«

Altmann grinste breit in die Runde.

»Ich glaube, es ist unschwer zu erkennen, welche Dame hier die wohlwollendsten Blicke auf sich zieht. Neben der Braut natürlich«, fügte er nach kurzem Nachdenken mit einem belustigten Seitenblick auf Professor Vollmond und dessen Schwiegersohn hinzu.

»Allerdings ist auch diese schöne Blume offenbar bereits in einem Garten verwurzelt«, warf Professor Vollmond ein und erfreute sich sichtlich seines geistreichen Kommentars.

Professor Altmann nickte sacht.

»Aber vielleicht ist es auch nur der Vorgarten«, sagte er nachdenklich.

»Der junge Mann, mit dem sie tanzt, ist ebenfalls Mitarbeiter meiner Abteilung«, erklärte Professor Seidel seinen Kollegen. »Ein schwieriger Fall ...«

»Heißt er zufällig Richard Seifert?«, fragte Professor Altmann.

»Ja«, antwortete Seidel, »So heißt er. Woher wissen Sie das?«

»Dass es in Heidelberg einen kardiologischen Problemkandidaten gibt, hat sich bereits bis nach Mainz herumgesprochen,

Herr Kollege«, antwortete Peter Altmann. »Ein Purist soll er sein, ein Nestbeschmutzer und gleichzeitig ein klinischer Wackelkandidat. Mich wundert, dass er eine so hübsche Freundin hat.«

»Sie ist Biologin in seinem Labor, Peter«, bemerkte Pankraz mit einem vielsagenden Lächeln.

»Aha, auch das noch«, antwortete Professor Altmann, »es gibt also Abhängigkeiten.« Nachdenklich blickte er in Richtung des tanzenden Paares. »Sie sieht wirklich verdammt gut aus«, setzte er hinzu.

Alle am Tisch lachten.

»Lieber Herr Kollege Altmann«, sagte Professor Seidel, »bevor Sie sich nun weiter in Ihre spätfrühlingshaften Gefühlswelten verstricken – oh, Verzeihung, Sie erreichen die Mittvierziger ja erst in Kürze, also anders ausgedrückt – bevor Sie weitere tiefe Einblicke in Ihre hormonellen Verirrungen zulassen, hier eine kurze Information zu Ihrem Nebenbuhler. In der Tat ist Richard Seifert ein kardiologischer »Problemkandidat«, wie Sie sich ausdrücken. Ich habe meine liebe Mühe mit ihm, sowohl in klinischer wie auch in wissenschaftlicher Hinsicht.«

Professor Vollmond unterbrach:

»Warum setzen Sie ihn dann nicht vor die Tür?«

Seidel antwortete sofort:

»Weil er mir im Augenblick noch nützlich ist.«

»Sie sprechen doch nicht etwa von dieser abstrusen Hypothese zur Pathogenese der Arteriosklerose, die er verfolgt«, sagte Altmann.

»Ich muss staunen, Peter«, warf Pankraz ein. »Du scheinst ja mehr über ihn zu wissen als du zugibst.«

»Eine wirklich abstruse Hypothese ist das!«, setzte Professor Peter Altmann seine Rede fort. »Mit welcher Penetranz und Arroganz behauptet dieser Mensch, dass das C-reaktive Protein eine kausalpathogenetische Rolle im Krankheitsprozess spielt, während die beobachteten Spiegelerhöhungen lediglich als ein bedeutungsloses Epiphänomen zu werten sind!«

»Sie charakterisieren meinen Mitarbeiter recht gut, Herr Kollege Altmann«, sagte Professor Seidel. »Sowohl Arroganz als auch Penetranz sind Charaktereigenschaften, die man ihm sehr wohl zusprechen kann. Allerdings muss ich Ihnen inhaltlich zum Teil widersprechen. So sicher ist es keineswegs, dass eine Kausalität nicht existiert.«

»Herr Kollege Seidel«, antwortete Peter Altmann seinem Gegenüber. »Bitte erklären Sie mir doch, wie sich ein Molekül, welches im Plasma derart schwankende Spiegel aufweist, durch eine einmalige Messung zur Risikoprädiktion eignen soll.«

»Das müssen Sie die Epidemiologen fragen«, antwortete Professor Seidel. »Nach ihren Aussagen ist der Mittelwert aus zwei Bestimmungen im metabolisch stabilen Zustand ausreichend.«

Altmann dachte nach.

»Und selbst wenn es so wäre«, sagte er dann, »die Risikoassoziation alleine ist kein Beweis für Kausalität.«

»Ich bin ganz bei Ihnen, Herr Kollege«, erwiderte Seidel, »aber Indizien für eine Kausalität existieren – und diese versuchen wir weiter zu entschlüsseln.«

»Wobei Herr Seifert ja bereits einigen Artefakten auf den Leim gegangen sein soll, wie man hört«, warf Pankraz Hörmann mit einem spöttischen Lächeln ein.

»Auch hier muss ich widersprechen«, antwortete Seidel. »Es sind zwar eine ganze Reihe von Artefakten zum Thema publiziert worden, aber diese stammen nicht aus meiner Abteilung.«

Professor Vollmond blickte seinen Kollegen Seidel aufmerksam an.

»Ich sehe mit Staunen, dass du deinen Mitarbeiter Richard Seifert mit Leidenschaft verteidigst«, sagte er.

Seidel überlegte und schüttelte dann den Kopf.

»Ich verteidige nicht ihn, sondern ich verteidige die Forschung, die in meiner Abteilung durchgeführt wird«, sagte er dann.

»Ich kann mir nicht vorstellen, dass hier irgendjemand an ihrer wissenschaftlichen Redlichkeit zweifelt«, sagte Pankraz. »Eine

Publikation, die Ihren Namen trägt, bürgt, wenn ich das so sagen darf, an sich schon für wissenschaftliche Qualität.« Bevor die Zuhörer diese Bemerkung als subalterne Schmeichelei empfinden konnten, setzte er hinzu: »Aber in dieser Angelegenheit stimme ich Herrn Altmann vollkommen zu. Die ganze Seifert'sche Hypothese zur Pathogenese der Arteriosklerose ist ein großer, artefaktüberlagerter Unsinn. Und selbst unter der Prämisse, dass dieses Molekül, das bei so vielen anderen Erkrankungen ebenfalls positive Assoziationen aufweist, ausgerechnet in dieser Krankheitsentität eine kausale Rolle spielen würde – was nützt uns diese Erkenntnis? Bei arterieller Hypertonie senken wir den Blutdruck, bei Diabetes mellitus behandeln wir den Blutzucker, bei Nikotinabusus stellen wir das Rauchen ein und bei Hyperlipoproteinämie senken wir das Cholesterin. Welche Konsequenz sollten erhöhte Spiegel des C-reaktiven Proteins denn für uns als Kliniker haben?«

»Da Herr Seifert bekanntermaßen kein sehr begnadeter Kliniker ist, wird ihn dieser Einwand wenig kümmern«, warf Altmann lächelnd ein.

»Vielleicht tanzen die beiden zu viel«, sagte Vollmond belustigt, und wieder amüsierte sich der ganze Tisch köstlich über den ausgezeichneten Scherz.

Anja und Richard tanzten in der Nähe des Tisches. Dr. Douglas Tiefen, der bislang ausschließlich zugehört hatte, mischte sich in die Diskussionen ein:

»Maybe I didn't get it correctly, because my German is too bad, but I really think you should give him an opportunity to discuss these things openly at the annual meeting of the German Society of Cardiology."

Seidel, Altmann, Vollmond und Hörmann schwiegen. Seidel dachte an das Gespräch mit Richard Seifert, das sie vor Kurzem in seinem Büro geführt hatten.

»Das ist möglicherweise zu viel der Ehre«, antwortete er in die Runde. »Aber wenden wir uns einem anderen Thema zu. Schließlich ist das heute eine Hochzeit, kein Kongress.«

Die Feierlichkeiten nahmen ihren Lauf. »You give me fever, you give me fever« durchgeisterte die Gehirne der Geladenen. Reichtum, Macht, Feuer, Dunkelheit der Räume, Vergangenheit, Gegenwart, schöne Kleider, Erotik, schwarze Anzüge und weiße Hemden, tiefe Ausschnitte und schlanke Beine – die Fülle der Eindrücke verwirrte die Gäste, und die Hochzeit von Verena und Pankraz nahm mit vorrückender Stunde zunehmend den Charakter einer Walpurgisnacht an. Die Gäste bedienten sich der Winkel und Nischen im Schloss in der fantasievollsten und vielfältigsten Weise. Es wurde diskutiert, gelacht, gestritten und geküsst. Auf eine geheimnisvolle Weise spornte diese Hochzeit die Geladenen zu romantischer Aktivität an, so mancher unschuldige Tanz entglitt und schraubte sich unbemerkt in einen der Winkel des Schlosses hinein, wo er in einen wilden Tanz der Geschlechter mündete.

Die Hochzeitsreise von Verena und Pankraz Hörmann führte ins Allgäu, Anja Helmer und Richard Seifert brachen nach dem Besuch der Hochzeit nach Kreta auf. In jenem Sommer breitete sich über ganz Mittel- und Südeuropa eine riesige Hochdruckzone aus, und über beiden Paaren strahlte ein wolkenloser Himmel.

Für die vier jungen Erwachsenen begann also theoretisch eine Zeit der Träume, eine Zeit des Rausches, der Berge, des Meeres, des Eros, des Glücks. Erst später im Menschenleben wächst die Gewissheit, dass sich die Zeiten der Träume nicht endlos aneinanderreihen, dass das Meer nur ein einziges Mal in den Schaumkronen leuchtet und dass die Berge sich nur ein einziges Mal in kristallklarer Schärfe gegen den blauen Sommerhimmel abzeichnen. Aber die Erkenntnis, die aus der Rückbetrachtung der Ereignisse erwächst, ist in der Gegenwart nur selten vorhanden, und somit ist die Gegenwart eben viel mehr die Zeit des Erlebens als die Zeit der Erkenntnis.

Richard Seifert und Anja Helmer flogen nach Heraklion, mieteten dort ein Auto an und erkundeten, von verschiedenen Stützpunkten aus, die Insel Kreta. Allabendlich erklangen Sirtaki-Melodien aus den Bars, der Retsina benetzte süß ihre Kehlen, und Richard flüsterte Sagapo in Anjas Ohr, und Kalinichta, und der Wein, der Sirtaki, die Sonne und die Liebesgeschichten der griechischen Mythologie durchwirkten Geist und Körper. Sie drängten in den Nächten ineinander und verschmolzen zu einer heißen Einheit. Es war ein träumerischer Urlaub, voller Wirklichkeiten, rauschender Wellen und endloser Horizonte.

Dennoch spürte Anja von Zeit zu Zeit eine Unruhe in Richards Bewegungen, die sie vorher nicht gekannt hatte. Seine Gedanken entglitten der Gegenwart, sein Blick war abwesend und leer. Wenn sie ihn darauf ansprach, wenn sie die Hintergründe dieser Abwesenheit zu erklären suchte, dann winkte er ab, lächelte, küsste sie zärtlich und sagte: »Es ist nichts«. Er war dann auch wieder zurück in der Gegenwart, und Anja vergaß seine Unruhe oder verdrängte sie oder maß ihr keine Bedeutung bei.

Richard war in jenen Tagen erfüllt von dem Gedanken, dass er eine fantastische Zeit erlebte, ohne die Zukunft abgesichert zu haben. Noch vor wenigen Jahren, im Sturm und Drang der absoluten und kompromisslosen Jugend, wäre ihm dieser Gedanke völlig gleichgültig gewesen. Da hatte es nur eine Ebene der Wahrheit für ihn gegeben, und das war die Wahrheit an sich. Aber seit diesem Abend auf dem Heidelberger Philosophenweg hatte sich das Leben verändert, er liebte eine Frau, er dachte an eine gemeinsame Zukunft, und es wurde ihm schmerzlich bewusst, dass die berufliche Provokation, auch wenn sie noch so sehr an das Wesen der Dinge rührte, hinsichtlich der Gründung einer Familie und der Abwehr ihrer verschiedensten Gefährdungen nur einen sehr zweifelhaften Wert besaß.

Richard hatte die tuschelnden Gespräche am VIP-Tisch während Verenas und Pankraz' Hochzeitsfeier durchaus wahrgenommen – und obwohl er wusste, dass er sich faktisch und inhaltlich im Recht befand, ahnte er doch die Falle, in die er sich durch seine stolze Haltung begeben hatte. Auch die bewundernd gierigen Blicke, welche Anja aus den professoralen Augen insbesondere des Peter Altmann getroffen hatten, waren ihm nicht entgangen. Anja selbst waren sie übrigens ebenfalls nicht entgangen, denn Natur und Evolution hatten das Menschenleben in eben dieser Weise eingerichtet.

Verena und Pankraz hatten für ihre Hochzeitsreise ein schönes Allgäuer Hotel mit Wellness-Bereich angemietet, von dem aus man die Nordkette der Alpen weithin übersah. Verena kannte diese Landschaft noch nicht. Zwar hatte sie auf Familienreisen einige Länder der Erde gesehen, aber die Berge waren nie Reiseziel ihrer Eltern gewesen. Sie war erstaunt über die Schönheit der nördlichen Alpenkette, die sich so abrupt aus dem Allgäuer Hügelland erhob. Auf der Autofahrt in Richtung Süden blickte sie hin und wieder stolz auf den neben ihr am Steuer sitzenden Ehemann und freute sich auf eine zärtliche und harmonische Hochzeitsreise.

Aber bereits der erste Abend ließ auch den ersten Zweifel in ihr aufkeimen. Pankraz benahm sich ungewöhnlich. Nach dem Abendessen, das auf einer romantischen Terrasse mit Panoramablick eingenommen wurde und das er fast schweigend zu sich nahm, wollte Pankraz zunächst die 20-Uhr-Nachrichten im Fernsehen anschauen. Verena hatte sich den ersten Abend ihrer Ehe anders vorgestellt, und das sagte sie ihm auch. Pankraz lächelte. Er sah sich die 20-Uhr-Nachrichten trotzdem an, und den sich anschließenden Geschlechtsakt erledigte er vollständig, aber teilnahmslos. Verena war froh, als die Nacht hereinbrach und sie nebeneinander einschliefen.

Die beiden folgenden Wochen verliefen unauffällig. Es war im Grunde genommen eine recht schöne Zeit, hätte Verena wahrheitsgetreu auf Nachfrage geantwortet. Doch wirklich, hätte sie bestätigend hinzugefügt, und dann, auf den längeren prüfenden

Blick des Gegenübers hin, hätte sie vielleicht noch scheu lächelnd gesagt, nun ja, Männer sind eben Männer. Angenommen aber, ihr Gesprächspartner wäre eine wirkliche Freundin gewesen, ein Mensch (wenn es so etwas gibt), dem sie alle Gefühle und Gedanken vorbehaltlos anvertrauen konnte, der Mythos einer Freundin sozusagen, dann hätte sie vielleicht geweint und mit einem leisen Anflug von Melancholie die Herzensgeschichte ihrer Hochzeitsreise erzählt:

»Pankraz und ich haben einen Berg bestiegen. Es war ein wunderschöner Tag, aber heiß und anstrengend. Wir waren früh aufgestanden, und Pankraz war schweigsam wie immer in diesen Tagen. Der Anstieg wurde steiler und steiler, Pankraz ging voraus. Ich hatte ihm wohl zu verstehen gegeben, dass mich die ständigen, täglichen Bergtouren anstrengten, dass es wohl auch andere Möglichkeiten gab, eine Hochzeitsreise zu verbringen als Tag für Tag einen Berggipfel zu besteigen. Pankraz schmunzelte nur und lief schneller. Er antwortete gar nicht. Ich kam außer Atem, schwitzte und wurde rot im Gesicht. Wir erreichten ein Felsband. Er lief weiter. An dem Felsband knickte ich mit dem Fuß um. Als ich wegen der Steilheit der Felswand Angst bekam und ihn rief, kam er zwar zurück und gab mir die Hand, aber er schlug die Augen zum Himmel. Stell dir das vor, er schlug die Augen zum Himmel!«

Tränen wären an dieser Stelle der Erzählung in ihre Augen getreten und sie hätte möglicherweise noch von den Mädchen und Frauen weitererzählt, denen Pankraz während der gemeinsamen Abendessen unverwandt hinterhergesehen und zugelächelt hatte. Nichts davon erzählte sie irgendjemandem, sie fraß die Erlebnisse in sich hinein, sie sprach mit niemandem darüber, sie war eine vornehme Natur, wohlerzogen, freundlich, glaubte an ihre Ehe und hoffte auf die Zukunft.

Als sie von den Träumen, den Meeren und Bergen nach Hause zurückgekehrt waren, setzte sich das Leben in der ihm eigenen

Weise fort. Das Hochdruckgebiet zog an Europa vorüber und wich den langen Regentagen Mitteldeutschlands. Das Berufliche rückte in den Vordergrund, die Überlebenskämpfe, die Intrigen, das Erhaschen der persönlichen Vorteile. Pankraz kehrte auf die Straße des Erfolges zurück, Richard zu seinem Kampf gegen Diffamierung und Unverstand. Die Wege waren gebahnt, Einbahnstraßen, zur akademischen Himmelsleiter die eine, zum Ende der Fahnenstange die andere.

Pankraz' Arbeitsgruppe wuchs und wuchs, Doktoranden um Doktoranden, die von den bahnbrechenden Erfolgen auf dem Gebiet der Stammzellforschung vernommen hatten, bewarben sich um eine Promotionsstelle, und Pankraz saß einem Komitee von wissenschaftlichen Mitarbeitern vor, welche die jungen Wissenschaftsaspiranten nach ihren Qualitäten bewerteten. Die Beurteilungskriterien waren heterogen, bei den jungen Männern zählten die Zeugnisse und Qualifikationen, bei den jungen Damen die Qualifikationen ebenso wie die optischen Vorzüge. Denn obwohl Verena bald nach der Hochzeit schwanger wurde und einen kleinen Jungen gebar, dessen Organe allseits an der richtigen Stelle saßen und der den Namen Nicolas zugesprochen bekam, machte Pankraz keinerlei Anstalten, sein Verhältnis zum weiblichen Geschlecht zu korrigieren.

Auch hier bewies Pankraz wie in so vielen anderen Dingen eine unbändige Energie. Heute Abend war er ein einfühlsamer Familienvater, der seine Frau und seinen Sohn in zärtlicher Weise küsste und zu Bett brachte, morgen Abend nahm er an einer »wissenschaftlichen Besprechung« teil, zu der er eine seiner Doktorandinnen einlud, Katharina mit Namen, um ihr in einem abgelegenen Restaurant die Stammzellbiologie zu erläutern und ihr anschließend sehr behutsam die Bluse zu öffnen.

Nachfragen seiner Frau beantwortete er ungeduldig, Nachfragen Katharinas ebenfalls. Entweder die beiden akzeptierten die Verhältnisse so wie sie waren, oder sie akzeptierten sie eben nicht. Pankraz empfand keinerlei Bedürfnis, sich zu rechtfertigen.

Pankraz, der Stier. Er wollte seine Ziele erreichen, und alles, was zu seiner Homöostase beitrug und das Erreichen dieser Ziele erleichterte, war grundsätzlich nicht infrage zu stellen. Sowohl seine Ehefrau als auch seine Geliebte spürten die Grundhaltung dieses Mannes – und fügten sich. Ja, Verena fügte sich, und Katharina fügte sich ebenfalls. Natürlich wusste diese von jener, natürlich ahnte die eine von den weiblichen Empfindungen der anderen ebenso wie umgekehrt, aber beide, Verena naturgemäß etwas mehr als Katharina, fürchteten sich vor der Wahrheit und ihren Konsequenzen. Archetypen wurden in den beiden jungen Frauen wach, weibliche Eifersucht, Angst vor dem Verlassenwerden in der einen, vor dem Ausgenutztwerden in der anderen.

Pankraz ignorierte diese Ängste, er empfand sie als Schwäche. Nicht, dass sie ihn gelangweilt hätten, im Gegenteil. Er wusste sehr genau, dass er sich unkonventionell und rücksichtslos verhielt. Aber in diesen Wochen und Monaten durchzogen andere Gedanken sein Gehirn, Weiterentwicklungen und Optimierungen der Überzeugungen, die über die Jahre in ihm herangereift waren. Diese Gedanken waren ein Resultat der Eindrücke, die in seiner Klinik und auf der Intensivstation über ihn hereinbrachen. Im Dunstkreis des Sterbens, das ihn tagtäglich umfing, war ihm sehr unmittelbar bewusst geworden, dass das menschliche Leben einem Ende zustrebte. Die Intensivstation besaß eine praktische Symbolkraft für das Leben und Sterben an sich. Ein neuer Patient kam, die Monitore und Perfusoren wurden angeknipst, das menschliche Leben wurde langsam ausgeknipst und die Monitore und Perfusoren dann auch. Wenn die letzten Stunden und Tage ideal verliefen, saßen ein paar weinende Angehörige um das Bett herum, aber oftmals interessierte sich kein Mensch mehr dafür, wie dieser Sterbende in den Tod hinüberdämmerte. Schließlich kam ein neuer Patient – und dasselbe geschah wieder. Das Bett wurde aufgefüllt und diente dem nächsten Todeskampf als erbärmliches Heim. Ja, das einzige Leben, das man besaß, war kurz, und je intensiver man es nutzte, je mehr an Erfolgen, Reichtum, Sexualität, Erlebnissen insgesamt man ihm abtrotzen konnte, desto besser war es. Zugegeben – es gab auch die andere Stimme, die ethische, transzendente, die Religion, den Katholizismus, dem Pankraz ja selbst angehörte. Aber je mehr Pankraz Hörmann seine Einblicke in die Lebensrealitäten und die Naturwissenschaften vertiefte, je mehr er alterte und wusste, desto höher wuchsen die Fragezeichen über Ethik und Religion.

Das Leben auf der Erde schien ihm über Zufall und Notwendigkeit erklärbar, über Mutationen und »survival of the fittest«. Das Weltall darüber und dahinter erklärte sich über den »big bang« und die Relativitätstheorie. Die Religionen dagegen stammten allesamt aus einer Zeit, in denen die Menschen von Realitäten wenig verstanden, ihre Begründer waren Propheten, Scharlatane, die von der Unaufgeklärtheit und dem Mystizismus der Zeitgenossen profitiert hatten. Ja, Religion war nicht mehr als ein Ausdruck der Hilflosigkeit, der Ohnmacht und Angst vor dem Nichts, das vor dem menschlichen Leben war und nach dem menschlichen Leben sein würde. Es gab genug Indizien für die Nichtexistenz von »Himmel und Hölle« oder des »Jüngsten Gerichts«. Der Schlaf, die Narkose, die Wiederbelebung und die Berichte seiner Patienten über den eben durchlaufenen Tod. Nichts wurde erlebt, rein gar nichts, die Patienten erzählten, »geschlafen zu haben«.

Oder was geschah mit den vielen Tieren, die starben, Ameisen und Kröten, erreichten sie das Elysium auch? Die Muslime und Buddhisten und Hindus? Letztere im Gegensatz zu den Tieren angeblich schon, weil sie Menschen waren und ihr Fehlglaube ein unverschuldeter Irrtum. Wie immer man es drehte, es blieb schlichtweg absurd. Nein, das »Jüngste Gericht« war ein Hirngespinst der Menschen, die sich nach dem Jenseits ausrichteten, weil sie im Diesseits keine Befriedigung fanden.

Pankraz befand sich in einer ganz anderen Situation, er verstand es zu siegen und das Leben zu lieben, er benötigte weder

Ethik noch Religion. Es sei denn, sie nützten ihm etwas. Wenn Pankraz sich umsah, wenn er die Menschen um sich herum beobachtete, dann wurde er sehr wohl gewahr, dass die allermeisten von ihnen genauso dachten wie er selbst. Ethik war nicht mehr als ein willkommenes Instrument des Machterwerbs und Machterhalts, ein Mittel, um die Gegner moralisch unter Druck zu setzen, ohne sich selbst an irgendetwas zu binden. »Innere Grenzüberschreitung« nannte Pankraz Hörmann diese Lebensphilosophie, und er empfand sich als einen Überschreiter innerer Grenzen.

Wenige Menschen um ihn herum dachten und lebten nach anderen Gesetzen und Maximen, sehr wenige. Seine Frau zählte dazu – und Richard Seifert. Pankraz sah, wie sie litten und lächelte darüber mit einer leisen Verachtung. Aber auf eine unbestimmte und schwer zu definierende Art und Weise reizten sie ihn auch. Mit ihrem starren und unverrückbaren Glauben an das Gute und Richtige, der auch Verletzbarkeit und Martyrium zu akzeptieren schien, reizten sie ihn dazu, seine brutale Macht auszuspielen – nur um ihnen zu beweisen, dass sie auf dem falschen Weg waren.

Pankraz Hörmann stellte Richard Seifert kalt. Seine eigenen Erfolge, die Angebote, die ihn von allen Seiten erreichten, die Anerkennung für seine »Stammzellforschung« waren ihm nicht genug, sie befriedigten ihn seltsamerweise nicht wirklich. Größere Befriedigung fand er darin, die Ergebnisse seines ihm untergeordneten Kollegen Seifert systematisch zu diskreditieren. Nicht in auffälliger oder platter Manier, dazu war er zu klug. Nein, er verwendete seine Auftritte auf den großen Kongressen der Fachgesellschaft für Diskussionen am Rande, Diskussionen über das Thema Entzündung und Arteriosklerose, »C-reaktives Protein und Arteriosklerose«, und er begleitete seine zurückhaltenden Diskussionsbeiträge mit einem sanften Achselzucken.

Richard konnte sich nicht wehren, an Kongressen nahm er nicht mehr teil, seine Beiträge wurden nicht mehr akzeptiert.

Er blieb in Heidelberg und arbeitete vor sich hin. Anja Helmer betrachtete ihn mit Sorge. Zwar bewunderte sie immer noch seine Zähigkeit, die Unbedingtheit, mit der er seine wissenschaftliche Spur weiterverfolgte, mit der er an seinen Überzeugungen festhielt. Aber die Lebensumstände wurden schwieriger, sein Vertrag lief aus, die Verlängerung war mehr als ungewiss, und sein Ringen um wissenschaftliche und klinische Anerkennung hatte etwas Verzweifeltes angenommen. Irritiert stellte sie fest, dass ihre Liebe zu Richard zu erkalten begann.

Du liebst einen Versager, hatte er kürzlich zu ihr gesagt, und der Begriff »Versager« war ihr durch Mark und Bein gefahren. Du bist kein Versager, hatte sie natürlich geantwortet. Aber Richards Anblick, die nach innen gewandten Schultern und die trüben Augen mit den herabhängenden Lidern, die vor ihm liegende Ablehnung seines jüngsten Manuskriptes durch die Zeitschrift »Circulation« – der gesamte szenische Eindruck, den sie empfing, entsprach so sehr dem eines gebrochenen Mannes, dass in ihrem Inneren etwas scheinbar Festzementiertes zu wanken und zu zerbröckeln begann.

Eine junge Frau will keinen Versager, sie will nicht darben für einen unbestimmten Zeitpunkt in der Zukunft, an dem ihrem alten und grauen Lebenspartner Anerkennung für eine Vergangenheit zuteil wird, in der sie beide jung waren und litten. Eine junge Frau will leben und gewinnen. Sie will einen Jäger, einen, der ihr Beute bringt und Ruhe schafft für das Nest. Eine junge Frau will genießen, geliebt werden und fruchtbar sein. Sie ist nur für kurze Zeit jung, und sie spürt das, auch wenn sie es nicht wahrhaben will. Sie blüht nicht lange. Sie blüht, um einem Jäger zu gefallen, von ihm schwanger zu werden und kleine starke Kinder in die Welt zu setzen. Dieses mächtige evolutionäre Konzept hat sich in der modernen Welt trotz feministischer Theorien nicht gewandelt. Natürlich gibt es auch die Jäger unter den Frauen, und die Anti-Baby-Pille hat alternative Lebensentwürfe ermöglicht, aber tief innen, im Kern der weiblichen Seele, bleibt die Sehnsucht nach Lagerfeuer, Begattung und Sorge für die nächste Generation.

So ist es.

Im Rahmen eines Kongresses der Deutschen Herzstiftung präsentierte Anja Helmer ein Poster, das sich ausnahmsweise nicht mit »Entzündung und Arteriosklerose« beschäftigte. Sie stand vor ihrer Posterwand und zog die bewundernden Blicke der männlichen Kongressteilnehmer auf sich. Sie war etwas blasser als sonst, ihre tiefbraunen Augen erinnerten an kreisrunde dunkle Seen. Pankraz Hörmann, der an der Seite Peter Altmanns als Postervorsitzender zur Begehung kam, musste unwillkürlich an die Maare seiner Heimat denken, an die dunklen Augen der Eifel. Peter Altmann fiel es sichtlich schwer, sich auf die Inhalte des Posters zu konzentrieren. Pankraz Hörmann schmunzelte innerlich, er kannte seinen Mentor sehr gut.

Auch Anja zuckte innerlich zusammen als Peter Altmann auf sie zulief. Sie hatte ihn seit Pankraz' Hochzeit nicht mehr gesehen, aber noch immer spürte sie die bewundernden Blicke des Professors auf ihrer jungen Haut. Natürlich war er fast 20 Jahre älter als sie, aber auf eine ihr selbst unerklärliche und bisher immer abgelehnte, abgewehrte Weise zog dieser große, sportliche Mann in den Mittvierzigern sie an. Er war erfolgreich, er lachte, und er betrachtete jede Kurvatur ihres Körpers mit männlichem Wohlwollen. Als eine in den Belangen der Liebe nicht mehr unerfahrene junge Frau verstand sie es zunächst perfekt, sein offensichtliches Interesse an ihr zu ignorieren. Aber dann, als er nach der offiziellen Posterbegehung noch einmal, wie zufällig, an ihrem Poster vorbeispazierte und sie für den Abend in ein schönes, teures Restaurant zum Essen einlud, sagte sie nicht nein.

Sie zog sich an diesem Abend sehr elegant an und wählte ein Kleid, das ihre samtenen Schultern freigab und dezent ausgeschnitten war. Bevor sie das Hotelzimmer verließ, telefonierte sie mit Richard. Das Telefonat war kurz, und Anja sollte es für den

Rest ihres Lebens nicht mehr vergessen. Richard sprach leise. Wieder war eines seiner Manuskripte von einer kardiovaskulären Zeitschrift abgelehnt worden. Anja wurde ungeduldig.

»Das kannst du mir ein anderes Mal erzählen«, unterbrach sie ihn barsch.

Richard schwieg. »Ich liebe Dich«, sagte er dann ruhig und legte auf. Anja zuckte mit den Schultern und ging hinaus. Vor dem Hotel wartete ihr Taxi.

Als sie das Restaurant betrat, war Peter Altmann bereits vor Ort. Er lächelte sie an und verbeugte sich bewundernd.

»Sie sehen bezaubernd aus«, sagte er, und Anja errötete leicht. Sie lächelte zurück. Peter Altmann blickte ihr in die Augen. »Meine Kollegen haben leider abgesagt. Sie müssen mit mir alleine vorliebnehmen«, setzte er mit einem Augenzwinkern hinzu. Sie hielt seinem Blick stand.

»Das traue ich mich gerade so eben«, antwortete sie.

Er nickte erfreut, verbeugte sich leicht und führte sie zu einem reservierten Tisch. Er nahm ihre Jacke ab, gab sie dem Kellner und verweilte mit den Augen eine Weile auf ihren samtenen Schultern. Anja spürte seinen Blick, und ein süßer Schauder lief ihr über den Rücken. Sie empfand eine Mischung aus innerer Abwehr, Spannung und einer fast magnetischen Anziehung und Bereitschaft zur Hingabe, die ihr Furcht einflößte. Sie setzten sich gegenüber, an einen Tisch für zwei Personen, der von einem warmen Licht beleuchtet wurde. Wie in jedem anderen wirklich guten Restaurant, so stellte sich auch in diesem hier sofort nach dem Eintreten die wohltuende Empfindung ein, die Wirklichkeit des Alltags von einem Augenblick zum anderen abgestreift und hinter sich gelassen zu haben. Anja war plötzlich Königin, sie war bildschön, sie befand sich in Begleitung eines erfolgreichen Mannes, und die Kellner und Angestellten des Restaurants wetteiferten respektvoll um ihr Wohlbefinden.

»Ich hoffe, das Restaurant sagt Ihnen zu, Anja«, sagte Peter Altmann und lächelte. »Oh ja, es ist wunderschön hier«, antwortete sie leise. Sie wich seinem Blick nur unwesentlich aus und errötete.

»Das haben Sie sich absolut verdient«, setzte Peter Altmann hinzu. »Ihre Präsentation heute Nachmittag war exzellent«.

»Meinen Sie wirklich?«, fragte Anja achselzuckend. »Es ging doch eigentlich um gar nichts. Wen interessiert schon die fünfte Ebene der Signaltransduktionskaskade von Interleukin 10?«

»Sie sind zu selbstkritisch«, antwortete Peter Altmann. »Das Poster war sauber ausgearbeitet und logisch präsentiert. Keiner von uns kann mit jeder seiner Arbeiten sogenannte ›important research questions‹ lösen.«

»Jaja«, antwortete sie scherzhaft. »Eigentlich ist der größte Teil unseres Rumgeforsches ziemlich umsonst, nicht wahr?«

Er lachte erneut.

»Da sprechen Sie etwas aus, Anja.« Aber dann sagte er ernsthaft: »So würde ich das nicht stehen lassen. Schließlich ist unserer Forscherleben sehr vielseitig. Wir lernen viele Länder kennen, viele verschiedenen Kulturen und Ansichten …« Er überlegte kurz. »Und viele kluge und schöne Frauen«, setzte er dann fröhlich lächelnd hinzu und blickte ihr in die Augen.

»Eine nach der anderen, nicht wahr?«, gab sie lächelnd zurück und fragte: »Was ist Ihnen übrigens wichtiger? Klug oder schön?«

Professor Altmann zog spielerisch die Stirne in Falten.

»Oh. Das ist eine schwierige Frage«, antwortete er. »Zur Beantwortung muss ich ein wenig ausholen:

> *»Eine Frau sei wie ein Buch*
> *mit viel Gescheitem drin.*
> *Man geht dann manchmal zu Besuch*
> *und liest vom Lebenssinn.*
>
> *Man liest sie ein –, auch noch einmal.*
> *Dann hat man sie gelesen*

und stellt sie wieder ins Regal.
Dort darf sie ruhig verwesen.

Eine Frau sei eine Rose.
Man geht auch dorthin zu Besuch.
Das Herz rutscht einem in die Hose
von ihrem rosigen Geruch.

Von ihren rosenroten Lippen
ist jedes Wort ein Buch allein.
Ein Buch von Strand und Schaum und Klippen,
von Eis und Sonne, Welt und Sein.

In blauen Augen steht geschrieben,
was nirgendwo in Büchern steht.
Und darf man sie am Ende lieben,
dann fühlt man, wie die Welt sich dreht.

Da pfeift man auf den Lebenssinn,
bei diesen roten, weißen Wesen.
Suchst du den geistigen Gewinn ...
Dann musst du Schopenhauer lesen.«

Anja Helmer schüttelte lachend den Kopf. »Man könnte als Frau beinahe böse mit Ihnen werden. Von wem ist denn das?«

»Ich bin froh, Sie stattdessen lachen zu sehen«, antwortete er. »Es ist von mir«.

Sie blickte ihn überrascht an.

»Gar nicht mal so schlecht, Herr Professor«, sagte sie anerkennend. »Sie haben offenbar viele verborgene Talente.«

»Nur ein unbedeutendes Hobby«, wehrte er ab. »In meiner Jugend wollte ich Dichter werden.«

»Was ist passiert?«, fragte Anja.

»It doesn't pay well«, antwortete Peter Altmann.

»Eine sehr idealistische Lebenshaltung«, sagte sie ironisch.

»Idealismus alleine führt nicht besonders weit«, hielt er entgegen. »Ich bin davon überzeugt, dass Sie das auch schon erfahren haben.«

Anja nickte sacht, Richard war ihr soeben in den Sinn gekommen. Sie legte den linken Arm über die Stuhllehne und beugte sich ein wenig nach vorne, sodass ihr Dekolleté einen etwas tieferen Einblick in ihre jungen zarten Brüste zuließ. Peter Altmann ergriff ihre Hand.

»Ich würde mich freuen, wenn wir das Sie beiseitelassen könnten«, sagte er lächelnd.

Anja zog ihre Hand nicht zurück, und sie sagte auch nicht nein. Die beiden Wissenschaftler tranken mit überkreuzten Armen gemeinsam einen Champagner. »Peter«, flüsterte Professor Altmann. »Anja«, antwortete sie leise und errötete erneut.

Bis zum Ende des deliziösen Abendessens besprachen sie noch manche Themen, und einige davon, von Peter Altmann angestoßen, berührten in provokanter aber ebenso dezenter Weise die körperliche Anziehung zwischen Mann und Frau. Anja vertrug keinen Alkohol (das hatte sie ganz vergessen), und sie spürte nolens volens, wie sie langsam aber unaufhaltsam die Herrschaft über ihre Sinne verlor. Sie war sich allerdings absolut sicher, dass Professor Peter Altmann die Situation nicht für sich nutzen würde. If you take advantage over me tonight, I will not be able to resist. Dieser englische Satz, den sie irgendwann einmal gehört hatte, ging ihr während des aufregenden Abendessens immer wieder durch den Sinn.

Aber Professor Peter Altmann tat es. Er nutzte die Situation für sich aus. Er war kein Versager. Er war ein Jäger, einer, der Beute reißt. Und Anja Helmer war seine schöne, junge und zarte Beute. Peter Altmann war selbst erstaunt darüber, wie heiß und bereitwillig sich diese junge wunderschöne Frau ergab. Als er sie nach dem Abendessen auf sein Zimmer bat, das sich zufälligerweise im selben Gebäude befand, blickte sie ihn mit jenem Glanz in den Augen an, der einem Mann endgültig seinen bevorstehenden Triumph verrät. Als er sie dann sachte in den Hotelaufzug schob, in seine starken Arme nahm und sanft zu küssen begann, schmolz sie so innig dahin und bot ihre zarte und weiche Weiblichkeit so bereitwillig zur Unterwerfung, dass Peter Altmann, der mit allen Wassern gewaschene professorale Junggeselle, während des sich anschließenden Geschlechtsaktes neben dem Spaß, den er empfand, auch eine für ihn ungewohnte Rührung verspürte.

Anja schlief in seinen Armen ein, und er betrachtete sie lange. Sie sah schön aus, aber auch erschöpft und fast leidend. Professor Peter Altmann wusste dieses Bild zu deuten. Seine vielfältigen Erinnerungen und Erfahrungen zum Thema Mann und Frau gingen ihm durch den Sinn: die großen Erwartungen und Verheißungen ebenso wie die brutalen Enttäuschungen der ersten Liebe, später die Konsolidierung angesichts der jetzt realistischeren Erwartungen, und schlussendlich auch seine Erfahrungen mit der Ehe, die er bewusst und entschieden hinter sich gelassen hatte.

Die Ehe war ihm wie ein Käfig erschienen, wie eine Wüste, ein leeres Weinglas, ein vorgezogener Tod. Peter Altmann konnte nicht treu sein, und er war sich dennoch darüber im Klaren, dass die Treue die einzige Basis für eine dauerhafte und gültige Ehe war. Er erklärte sich also seiner Frau und ließ sie, zusammen mit ihrem gemeinsamen vierjährigen Sohn David, in ihrem nicht mehr ganz unverbrauchten Leben zurück. Er ging, eiskalt, sachlich, in sogenanntem gegenseitigem Einverständnis, aber unter den fassungslosen Tränen seines Sohnes und unter den traurigen Blicken seiner Frau. Er litt Schmerzen, insbesondere wegen seines Sohnes, den er in der Folgezeit selten sah, und er empfand auch eine gewisse Eifersucht, als er nach Jahr und Tag vernahm, dass seine geschiedene Ehefrau noch einmal geheiratet hatte. Aber vor allem empfand er das Glück, wieder frei atmen und sich frei bewegen zu können. Als ein in seinen Kreisen anerkannter

Wissenschaftler spielte er sein Spiel im Kreis der Erfolgreichen, und er konnte jetzt wieder junge Frauen verführen so viele er wollte. Keiner dieser Frauen versprach er irgendetwas, jede wehrte er ab, wenn das Verhältnis zu eng zu werden drohte. Eine Frau ist etwas für eine Nacht, und wenn es schön war, noch für eine zweite.

Er betrachte Anja, die schlafend in seinen Armen lag, ihr junges, schönes und doch leidendes Gesicht. Eine unbestimmte Furcht überfiel ihn, eine Ahnung, dass diese Frau ihm mehr abverlangen würde als eine Nacht in einem Luxushotel in München. Er dachte an Richard Seifert, den er insgeheim für eines der größten wissenschaftlichen Talente hielt, die das kardiovaskuläre Deutschland gegenwärtig aufwies und dessen Namensnennung er am Vorabend bewusst vermieden hatte. Neidgefühle überkamen ihn angesichts der Originalität und Innovationskraft, die von Richards Forschung ausging, und er balancierte diese Neidgefühle mit dem Triumph, den er bei der Betrachtung der schönen Frau in seinen Armen empfand. Peter Altmann hatte dem jungen wissenschaftlichen Supertalent die Frau ausgespannt, und da er Richards Sensibilität erahnte, wusste er sehr wohl, welcher große Schritt ihm gelungen war, dieses Talent zu zerstören. Genugtuung erfüllte ihn. Er dachte an die Gespräche, die er mit seinen Freunden Vollmond und Hörmann über Richard Seifert geführt hatte. Wir müssen ihn aufhalten, unverdientes Glück, eine sehr gute Idee unter einem falschen Namen – alle diese Gesprächsfetzen zogen in Minutenschnelle durch sein Gehirn, und er freute sich schon jetzt auf das Telefongespräch des folgenden Tages, in dem er seinen Freunden von der Trophäe dieser Nacht berichten würde.

Aber noch lag sie vor den beiden sich Paarenden, diese Nacht. Sie würden sie durchschlafen, zufrieden Peter Altmann und unruhig Anja Helmer, und dann würde der Morgen grauen, an dem sie beide in einem sterilen Hotelzimmer einer deutschen Großstadt erwachten. Anja würde sehr eilig ins Bad gehen, die graubraunen Fliesen zur Kenntnis nehmen und sich lange duschen und intensiv einseifen. Sie würden sich beim Frühstück gegenübersitzen. Peter Altmann würde denken, wie traurig sie aussieht, und Anja würde denken, wie alt er aussieht – aber sie würden beide versuchen zu lächeln. Es war sehr schön mit dir, würde Peter Altmann zum Abschied zu der jungen Biologin sagen. Sie würde nicken, und bei dem nun folgenden Satz des Professors, Richard Seifert ist zu beneiden, würden sich ihre Augen mit Tränen füllen. Sie würde ihm die Hand drücken und gehen. So würde es sein.

Irgendwann ist es zu viel. Irgendwann hält ein junger Mann die Last nicht mehr aus, die auf ihn niederdrückt, abhängig von der Schwere der Last und von der Widerstandskraft des Bedrängten. Richard Seifert zerbrach. Die Intrige rollte über ihn hinweg wie eine Meereswoge, und sein Halt im Privatleben, seine geliebte Freundin Anja, sein Kretischer Traum hatte ihn betrogen. So what, hätte er sagen können, Arterioskleroseforschung hin, Arterioskleroseforschung her, nächste Freundin bitte, vielleicht taugt diese mehr – und irgendwo findet sich schon ein Weg. Aber so war Richard Seifert nicht gestrickt. Er war ein Idealist, einer der an die Liebe geglaubt hatte und an die hingebungsvolle, ruhmvolle, ehrliche Tätigkeit. Die Dinge relativieren sich später im Menschenleben, ja. Aber damals, als Richard jung war, stolz und erfüllt von den Träumen der Jugend, trafen ihn diese Ereignisse mit einer brutalen Wucht. Da verlor er seine Balance, seinen Glauben an die grundsätzlichen Werte, an die Basis seiner Tätigkeit, sowohl beruflich wie auch privat, und die Treffer waren so gezielt und die Verletzungen so schwer, dass er sich tatsächlich aus dem Geschehen zurückzog, dass er sich absentierte, der Universitätsmedizin den Rücken kehrte und ein neues Leben begann. War es ein gutes Leben? Nicht wirklich. Es war zwar intensiv, aber gut war es nicht. Denn es war das Leben eines Menschen, der sein Talent und seine Begabungen nicht bis zur

Reife führen konnte. Unmöglich also, dass es ein gutes Leben war.

Richard Seifert übernahm eine allgemeinärztliche Praxis, tagaus-tagein empfing er Patienten mit Schnupfen und Husten und verschrieb ihnen irgendwelche Salben und Pillen. Die Praxis lief nicht gut. Er schlief schlecht, er träumte von seinen Zellen, und er begann zu trinken. Er wurde vergessen. Irgendwann machte er einen neuen Schnitt. Er schloss seine allgemeinärztliche Praxis und hörte auf zu trinken. Er wechselte den Beruf, er begann zu kellnern ...

Die Professoren Seidel, Altmann, Vollmond und Hörmann tranken ein Glas Sekt auf Pankraz' Berufung auf einen deutschen Lehrstuhl. Pankraz hatte sich gegen fünf Mitbewerber durchgesetzt, die sich allesamt auf dieses deutsche Ordinariat beworben hatten und aufgrund der Schriftform der Bewerbung und aufgrund der persönlichen Empfehlungen ihrer Klinikdirektoren die Chance zum sogenannten »Vorsingen« erhalten hatten. Pankraz sang das Lied der Myokardregeneration durch adulte Stammzellen, das alte Lied, und er erzählte von der großen Multicenterstudie und ihren vielversprechenden Ergebnissen. Die anderen Bewerber sangen andere Lieder, von neuen Möglichkeiten der Behandlung des Diabetes mellitus, von endothelialen Progenitorzellen, von der antioxidativen Behandlung der Arteriosklerose, von den Geranyl-Geranyltransferasen oder was auch immer. Die Mitglieder der Berufungskommission saßen im Auditorium, grauhaarig, unfruchtbar, und eine Vielzahl machtpolitischer Erwägungen ging ihnen durch den Kopf: Will unsere Universität einen starken Kardiologen? Will ich einen starken Kardiologen? Passt der Bewerber in das wissenschaftliche Portfolio unserer Universität? Nimmt er mir Privatpatienten weg? Kann er Drittmittel mit mir und für mich einwerben? Kann ich seinen Institutsleiter leiden und gönne ich diesem die Berufung seines Schülers? Will mein Kollege X diesen Bewerber unbedingt durchsetzen und warum? Kann ich meinem Kollegen Y mit dieser Berufung schaden? Ist mir der Kandidat gefährlich, ist er ungefährlich? Und so weiter. Alle diese wichtigen machtpolitischen Erwägungen gingen ihnen durch den Kopf.

Die konsensuelle Entscheidung fiel auf Pankraz Hörmann. Wieder einmal stolperte der Mann mit den seltsamen wasserblauen Augen eine Stufe nach oben. Er verstand es geschickt, keinem der Kommissionsmitglieder zu nahe zu treten, und so entschied man sich für ihn als größten oder auch kleinsten gemeinsamen Nenner. Jedem der Kommissionsmitglieder war es längst offensichtlich geworden, dass die wissenschaftliche Tätigkeit des Pankraz Hörmann halbseiden war, teilwahr, lügnerisch. Aber das wurde großzügig verziehen, denn fast jeder der Entscheidungsträger sah darin einen Spiegel seiner selbst.

Nicht die Wahrheit war das Kriterium, sondern der Erfolg. Und der ließ sich messen in den sogenannten »Impactfaktoren«, einem Bewertungssystem für die Zeitschriften, in denen die Bewerber publiziert hatten. Allerdings war dieses System selten ein Maß für die Qualität und häufig ein Maß für die Skrupellosigkeit, mit der wissenschaftliche Daten geglättet wurden. Denn es galt ja, die Reviewer zu überzeugen, und Letzteres gelang mit präparierten Daten besser als mit den Originalen. Die Kommissionsmitglieder errechneten nun die Summe der »Impactfaktoren«: Punkte als Erstautor plus Punkte als Letztautor plus Punkte als Mitautor. Am Ende dieser Rechnung gab es einen beruhigenden Ermessensspielraum. Der Kandidat hat zu wenige Erstautorschaften, er ist nicht fleißig genug. Der Kandidat hat zu viele Erstautorschaften, er reißt sich alles unter den Nagel. Der Kandidat hat zu viele Letztautorschaften, er lässt die anderen für sich arbeiten. Der Kandidat hat zu wenige Letztautorschaften, er hat es nicht bis zur Autonomie geschafft. Der Kandidat hat zu viele Mitautorschaften, ein Vereinsmeiertyp. Der Kandidat hat zu wenige Mitautorschaften, er ist nicht kommunikativ. Die Situation war in der Tat sehr komfortabel, da man für alles Argumente fand.

Am Ende siegte die Freundschaft – die Psychologie, wie Pankraz Hörmann zu sagen pflegte – und Pankraz hatte die meisten Freunde, also siegte er. Er liebte es zu siegen, er siegte so selbstverständlich wie andere atmen. Und wieder hatte die Deutsche Kardiologie einen herausragenden Ordinarius identifiziert.

Er war jetzt Chef, langersehnt, zielgerecht, dynamisch. Er steuerte das Schiff, und er wusste wohin. Groß und klar waren seine Ziele: Klinik. Forschung. Lehre. Seine Mitarbeiter durften für ihn arbeiten. Das Geld bekam er. Die Publikationen erschienen unter seinem Namen. Pankraz, der Chef. Ius primae noctis. Survival of the fittest.

Er war unter seinen Mitarbeitern nicht sehr geschätzt, er konnte nicht viel. In den invasiven Techniken war er wenig begabt, wenig geübt, und in den wissenschaftlichen Dingen fehlten ihm die Ideen. Sein Stammzellthema endete auf dem Scherbenhaufen der Wissenschaftsgeschichte. Aber er hatte sich nach oben gearbeitet, und er wusste sehr wohl, dass dazu mehr Intelligenz und politisches Geschick vonnöten war, als sich mancher dieser jungen »Greenhorns« um ihn herum vorstellen konnte. Umso komfortabler war es zu sehen und zu verstehen, dass er sich die intellektuellen Früchte, welche seine ihm unterstellten Mitarbeiter tagtäglich ansammelten, nun kraft seiner Position nach Belieben einverleiben konnte. Als ehemaliger Absolvent eines humanistischen Gymnasiums kreiste der Satz »Quod licet Iovi, non licet bovi« des Öfteren durch sein Gehirn, als universitärer Vertreter der Neuzeit übersetzte er dieses Sprichwort in die angenehme Wirklichkeit: »I am the boss.«

»I am the boss.« Immer wieder flüsterte er diesen Satz vor sich hin und schöpfte seine Kraft daraus. Pankraz Hörmann benötigte diese Kraft, denn sein Beruf war kräftezehrend genug. Die anderen Abteilungsleiter am Universitätsklinikum waren nun seine Konkurrenten, ihre beruflichen Anamnesen waren der seinen äquivalent, ihre Charaktereigenschaften ebenfalls. Auch ihr ultimativer Anreiz war der Wille zum Sieg, der Wille zur Macht, dem sich die Inhalte unterordneten. Und dieser Wille projizierte sich auf sehr viele Themen: Geld, Patientenzahlen, Publikationsleistungen, Impactfaktoren, Bettenzahlen, Budgetverhandlungen, Kongressbeiträge und Vortragseinladungen, Clubmitgliedschaften, Positionen, Vorsitze, Drittmitteleinwerbungen.

Es waren zahlreiche verschiedene, kleine und große Wettkämpfe, bei denen sie siegen mussten. Alle diese Wettkämpfe waren gleich wichtig, es zählte nur der Sieg. Und wie immer in Pankraz Hörmanns erfolgreichem Leben waren ihm alle Mittel recht, um diese Siege zu erringen. Er fühlte sich wohl in seinem Leben, er war dafür geschaffen. Er agierte in einem Sumpf aus Verrat und Betrug, und er zog die Menschen um sich herum in diesen Sumpf mit hinein. Alle ordneten sich unter, denn Pankraz stand auf einem imaginären Sockel, dem des beruflichen Erfolgs, und er hatte seine Vertrauten sorgfältig gewählt.

Verena akzeptierte das erotische Doppelleben ihres Mannes. Sie wurde älter und gab sich auf. Sie war froh, finanziell versorgt zu sein. Pankraz, der Ernährer. Katharina, seine Geliebte, wurde irgendwann abserviert. Er hatte sich an ihr »sattgerammelt«. Pankraz, der Stier.

Seine beiden Söhne, Nicolas und Tobias, denen die Apotheose des Vaters von Kindheit an anerzogen worden war, wuchsen in seinen Augen zu introvertierten Schwächlingen heran. Beide waren schlecht in der Schule, und Pankraz Hörmann nahm mit Abscheu zur Kenntnis, dass sich Nicolas der Homosexualität zuwandte. Verena blickte ihren Ehemann ängstlich an und sann über ein Mitverschulden des Ehepaares nach, über die Frage nach angeborener versus erworbener Homosexualität. Tobias, der sensiblere, talentiertere der beiden Brüder, litt unter den Hänseleien der Klassenkameraden, die trotz aller Toleranzbeteuerungen im Deutschland des 21. Jahrhunderts nicht ausblieben. Während sich Nicolas in künstlerischen Kreisen bewegte, in den Kreisen der »Träumer und Tunten«, wo er das Geld der Familie »verprasste«, wie Pankraz sich auszudrücken pflegte, suchte Tobias das Gespräch mit seinem Vater. Das war zwar selten möglich, denn Pankraz war viel unterwegs, aber ab und zu ergab sich doch eine Gelegenheit.

»Homosexualität ist abartig und widernatürlich«, sagte Pankraz.

»Aber Nicolas kann doch nichts dafür«, antwortete Tobias.

»Unsinn«, hielt sein Vater barsch dagegen, »jeder ist seines Glückes Schmied.«

»Hast du dein Glück auch geschmiedet, Papa?«, fragte Tobias.

»Und eures dazu«, antwortete Pankraz Hörmann prompt und selbstbewusst.

Tobias dachte lange nach. Er war fünfzehn Jahre alt und begann in den Gesichtern der Erwachsenen Dinge zu lesen, die sie selbst längst nicht mehr wahrnahmen.

»Sieht so das Glück aus, Papa?«, fragte er schließlich.

Pankraz stutzte. Er war überrascht von den Fragen seines Sohnes, die ihm sehr frontal und unmittelbar erschienen.

»Was willst du damit sagen, Tobias?«, fragte er empört. »Es ist nicht leicht, sich im Leben durchzusetzen. Das wirst du noch feststellen. Es ist nicht leicht, finanziell wohl situiert zu sein. Auch das wirst du noch verstehen.«

»Es ist offenbar auch nicht so leicht, eine Familie glücklich zu machen, Papa«, antwortete Tobias trotzig.

»Glück ist ein langes Wort, mein Sohn«, sagte Pankraz nachdenklich. »Wenn du im Leben ein Macher bist, ein Gestalter, einer, der den Dingen seinen eigenen Stempel aufdrückt, dann mag das für viele schmerzhaft sein, aber der Wagen fährt in die richtige Richtung.«

»Wo ist die Grenze, Papa?«, fragte Tobias weiter.

»Welche Grenze?«, fragte Pankraz zurück.

»Die Grenze, über die du deinen Wagen nicht lenken darfst«, antwortete Tobias.

Pankraz nickte. »Die Grenze ist dort, wo der Wagen umfällt, wo du Achsenbruch erleidest, wo es dich erwischt.«

»Und eine andere Grenze gibt es nicht?«

Pankraz blickte seinen Sohn nachdenklich an. »Nein«, sagte er dann.

Tobias ließ nicht locker.

»Menschlichkeit, Güte, Zuverlässigkeit, Moral?«

Pankraz lachte auf.

»Begriffe, hinter denen sich so oft nichts anderes als Schwäche verbirgt.«

»Aber eben nicht immer, Papa«, sagte Tobias.

Pankraz zuckte mit den Schultern.

»Ich glaube schon«, antwortete er und schloss das Gespräch damit ab.

Hin und wieder spürte Pankraz Hörmann jetzt eine leise Melancholie. In stillen Stunden, in Stunden der Kontemplation, die er mit zunehmendem Alter immer häufiger benötigte, wurde er nachdenklich und missmutig. Er betrachtete seine Ehefrau, die ihm zwar alt und hässlich erschien, deren devotes und bewunderndes Verhalten ihm selbst gegenüber er aber schätzte und genoss. Er betrachtete seine Söhne, Nicolas und Tobias, und er verstand intuitiv, dass sie nicht blühten, obwohl auch sie ihm mit einer angenehmen, schamhaften Unterwürfigkeit begegneten. Er ärgerte sich innerlich darüber, dass seine Frau und seine Söhne, denen es finanziell sehr gut ging, einen so verkümmerten Eindruck erweckten. Pankraz war ein Kind aus armer Familie gewesen, sein Vater Holzfäller, seine Mutter Hausfrau, und trotzdem hatte er sich in die Spitzenpositionen der deutschen Medizin hervorgearbeitet. Seine Söhne mussten ja nichts leisten, sie mussten nur leben, seine Ehefrau ebenfalls, und Pankraz schämte sich für diese Familie.

Hatte er, der sein Leben in so vorbildlicher Weise gemeistert, der so viele Siege über so viele Konkurrenten errungen hatte, eine derart mediokre Familie verdient? Welchen Samen hatte er verstreut? Wo blieben seine Gene? Unterschwellig, tief im Inneren, streifte er bisweilen auch den einfachen Gedanken, dass es ihm nicht gelang, die Menschen um sich herum glücklich zu machen. Aber die Dimensionen dieses Gedankens waren weit, viel zu weit, er rührte an die Fundamente seines Lebens. Pankraz war nicht dazu angetreten, die Menschen um sich herum glücklich zu machen, sondern er war angetreten, sie zu unterwerfen. Ius primae noctis. Survival of the fittest.

Eine weitere unangenehme Frage streifte immer wieder sein Gehirn. Sie lag wohl im Älterwerden begründet, im Ergrauen seiner Haare und seines Herzens. Er hörte sie manchmal leise und manchmal laut, aber immer war sie bohrend und unangenehm: Was wird von mir übrig bleiben? Welche meiner Tätigkeiten sind wirklich gut und welche bleiben unvergessen? Eine leise Ahnung keimte angesichts dieser Fragen in ihm auf, eine Ahnung von der Relativität des Siegens und des Sichdurchsetzens, der Maximen seines bisherigen Handels. Konnte ein Sieg zur Niederlage werden und eine Niederlage zum Sieg? Pankraz Hörmann war irritiert. Diese Frage hatte er sich Zeit seines Lebens nie gestellt – ja, es schien ihm absurd, dass sie in einem Individuum seines Gepräges überhaupt aufkeimten. Waren sie ein Anzeichen beginnender Schwäche, altersbedingter Kapitulation? Er hielt gedankenvoll inne. Nein. Ein Sieg war ein Sieg, eine Niederlage war eine Niederlage, und alle, die etwas anderes behaupteten, rechtfertigten damit ihre persönliche Unzulänglichkeit.

Seine beiden Söhne waren introvertierte Schwächlinge, trotz einer privilegierten Erziehung waren sie zu dekadenten Weichlingen geworden. Offenbar hatte sich das Geschlecht der Hörmanns in seiner eigenen Person erfüllt, war in seiner Person zur Vollendung gelangt. Alles was nach ihm kam war nicht so wichtig. Seine Söhne waren nicht so wichtig. Diese Feststellung war die knappe Antwort auf die sentimentalen Grübeleien, denen er sich neuerdings ausgesetzt fühlte. Er schmunzelte plötzlich, als er an J. W. von Goethe dachte, der nach der Überlieferung den Tod seines Sohnes mit den Worten kommentiert hatte: »Ich wusste, dass ich keinen Unsterblichen gezeugt«. So sah der Schmerz starker Väter aus.

Pankraz musste sich nur umsehen, um zu der ihm eigenen Zufriedenheit zurückzufinden. Wenn er die Menschen um sich herum betrachtete, ihre trüben Schicksale, ihre selbstverschuldete, subalterne Angestelltenmentalität, dann keimte die Genugtuung wieder in ihm auf, die er angesichts seiner großen Erfolge in der Vergangenheit immer wieder empfunden hatte. Er, der Sohn eines Holzfällers, hatte Gregor Bisalski genauso besiegt wie seinen schärfsten Konkurrenten Richard Seifert, er war Ordinarius geworden und zählte zur Elite der deutschen Universitätsmedizin. Alle Menschen um ihn herum, seine Familie, seine Mitarbeiter, würden niemals ein Leben führen, welches seinem eigenen vergleichbar war.

Trotz aller Genugtuung über diese äußeren Lebensumstände spürte Pankraz neuerdings einen Stachel im Fleisch, der immer größer wurde und sehr schmerzte. Mit Verwunderung und innerer Besorgnis nahm er zur Kenntnis, dass die Hypothesen Richard Seiferts zur Entstehung der Arteriosklerose in der medizinischen Welt von Jahr zu Jahr eine größere Bedeutung gewannen. Paradoxerweise wurden diese Hypothesen tatsächlich mit Richard Seiferts Namen in Verbindung gebracht. Zwar wusste niemand mehr, wo sich das ehemalige wissenschaftliche Ausnahmetalent aufhielt, geschweige denn welchen Tätigkeiten er nachging, dennoch war sein Name auf den Powerpointpräsentationen internationaler Kongresse nun regelmäßig zu sehen. Seifert R. et al. Er wurde zu einer Art Phantom der kardiovaskulären Forschung, unbekannt aber viel besprochen. Wenn Pankraz Hörmann von seinen internationalen Kollegen nach Richard Seifert gefragt wurde, antwortete er mit stereotypen Sätzen. »He used to be my coworker. But one day he stopped all his scientific activities. Nobody really understood why. He left university and started his work as a general practitioner. We do not know what he is currently doing.«

Seine Zuhörer nickten nachdenklich und gratulierten Pankraz dazu, dass er mit einem so klugen und vorausschauenden Mann zusammengearbeitet hatte. Und der Stachel im Fleisch brannte dumpf und heftig.

Auch tief in seiner Brust spürte er jetzt hin und wieder ein dumpfes Brennen. Pankraz hatte das 55. Lebensjahr überschritten, er war ein einflussreicher Mann, aktiv, potent, gesund. Ja, Pankraz Hörmann war in seinem Leben niemals krank gewesen, und er würde es nach seinem Selbstverständnis auch niemals sein. Das Belastungs-EKG, das er als Kardiologe wegen des sporadisch auftretenden thorakalen Brennens in seiner Klinik durchführen ließ, war natürlich unauffällig, und damit war das Thema für ihn erledigt.

Verenas verhaltene Bitten nach einer weiteren Abklärung hörte er mit einer Mischung aus Wohlwollen, Verachtung und Verwunderung an. Schließlich siegte die Verachtung, und Verena zog sich eingeschüchtert zurück. Längst war zwischen den beiden Ehepartnern die Distanz der Modus vivendi, längst waren die Begriffe Entfernung und Desinteresse eine zutreffende Kurzbeschreibung für ihre Ehe, längst hatten sich Pankraz und Verena sozusagen in gleichgültiger Symbiose eingerichtet und arrangiert. Er oben, sie unten, getrennte Schlafzimmer, getrennte Welten. Nichts war geblieben von der feurigen Erotik jener Nacht im Luxushotel in San Diego, nichts vom »You give me fever« ihrer pompösen Hochzeit, vom kurzzeitigen Wiederaufflammen der Hoffnung bei der Geburt ihrer Söhne. Graue Haare, graue Herzen. Sie begegneten sich am Morgen mit einem kurzen und am Abend mit einem gleichgültigen Gruß.

Verena ertappte sich sehr häufig bei dem Gedanken, wie ihr Leben verlaufen wäre, wenn sie Pankraz Hörmann niemals begegnet wäre. Vielleicht hätte sie einen anderen Mann getroffen, einen, der sie nicht um seiner Karriere willen geheiratet hätte, kein Deal zwischen Schwiegervater und Schwiegersohn zur Sicherung angenehmer Lebensumstände. Nein, etwas anderes hätte stattgefunden, etwas, das aus der Tiefe kam, eine Liebe, die tatsächlich existierte, und aus der kräftige, gesunde Kinder hervorgegangen wären, die nicht am Leben verzweifelten, bevor es wirklich begann. Sie träumte dann eine Weile vor sich hin. Aber Verena war eine kluge Frau. Sie wusste auch, dass es für diese Fantasien alternative Spielarten gab, die viel trauriger waren als die Wirklichkeit, in der sie lebte: keine Ehe, keine Kinder, sondern Einsamkeit und Verlassensein, kein eigenes Haus, sondern Einzimmerappartment und sozialer Abstieg, Krankheit und Verzweiflung. Dann begegnete sie ihrem Ehemann wieder mit verhaltener Dankbarkeit.

»Lass Dich doch weiter untersuchen«, bat sie ihn inständig. Aber sie prallte ab.

»Bitte lass mich einfach in Ruhe«, antwortete Pankraz und ging in ein anderes Zimmer.

Ein einziger Augenblick kann alles verändern. Ein Wimpernschlag des Schicksals, eine Laune der Parzen – und nichts ist mehr so, wie es war.

Verena vernahm einen dumpfen Schlag oben im Zimmer ihres Ehemannes. Sie klopfte an die Tür, ohne dass eine Reaktion erfolgte. Als sie das Zimmer betrat, lag Pankraz Hörmann auf dem Rücken vor seinem Schreibtisch. Sein Gesicht war blass, seine Augen weit aufgerissen, und er röchelte. Verena lief zu ihm hin und schrie:

»Pankraz, was ist los mit dir?« Als keine Antwort kam, schrie sie lauter: »Nicolas, Tobias ... eurer Vater!«

Tobias kam angerannt, Nicolas war nicht zu Hause, es war Samstagabend, und er war zu einer Schwulen und Lesben-Party eingeladen. Verena und Tobias beugten sich über Pankraz und blickten sich ratlos an. Minutenlang waren sie wie gelähmt, aber dann schrie Verena:

»Tobias, ruf den Notarzt!«

Tobias rannte aus dem Zimmer und suchte das nächste Telefon. Es stand nicht auf der Basis, und er lief ziellos im Haus hin und her. »Schnell, Tobias!«, schrie seine Mutter in panischer Angst. Tobias torkelte wie im Traum durch die Räume. Endlich fand er das Telefon und rief die Notfall-Nummer an, die glücklicherweise auf dem Telefonhörer verzeichnet war.

Eine Stimme stellte sachliche Fragen. Etwa zehn Minuten später fuhr der Notarzt in die Garageneinfahrt ein. Bis zu diesem Zeitpunkt standen Tobias und Verena vor ihrem Vater und Ehemann, dem röchelnden Professor Pankraz Hörmann, dessen Gesicht eine zunehmend bläuliche Farbe annahm. Sie wussten nicht, was sie tun sollten, und das Erscheinen des Notarztes, der sofort mit der Wiederbelebung begann, war eine Erlösung. Verena und Tobias beobachteten fassungslos die notfallmedizinischen Maßnahmen, die nun mit Pankraz Hörmann durchgeführt wurden, die Herzdruckmassage, die Beatmung mit Ambubeutel, die Anlage einer Infusionsnadel, die Defibrillation bei Kammerflimmern, bei der Pankraz wie im Krampfanfall seine Arme nach oben warf, die Intubation, das Aufladen seines leblosen Körpers auf die Trage durch die Rettungsassistenten, das Verladen in den Rettungswagen.

Bevor der Rettungswagen sich in Richtung Klinik in Bewegung setzte, war wieder eine Kreislaufaktivität nachzuweisen, das Herz schlug, das EKG zeigte einen Sinusrhythmus mit Anhebungen der ST-Strecke in den Ableitungen II, III und aVF. Der Notarzt fragte Verena und Tobias zum Abschied, ob sie eine Herzdruckmassage durchgeführt hatten, bevor er kam. Als sie verneinten, verzog er keine Miene und nickte sacht. Dann setzte sich der Rettungswagen in Bewegung.

Zwei Stunden später saßen Sie am Eingang zur Intensivstation jener westdeutschen Universitätsklinik, an der Pankraz Hörmann als Abteilungsleiter tätig war. Ein junger Arzt in blauem Kittel hatte sie gebeten zu warten. Nicolas war nach

Hause gekommen. Er hatte laut angefangen zu weinen, als er die Nachricht von seinem Vater hörte, und dabei war das Make-up von seinen geschminkten Augenlidern ins Gesicht gelaufen. Allerdings gefiel ihm der junge Arzt im blauen Kittel sehr, und deshalb riss er sich vor der Intensivstation zusammen.

Verena nahm diese Wirklichkeit wahr, als ob es sie nicht gäbe. Sie betrachtete die Geschehnisse um sich herum – den blauen röchelnden Mann, der vor ihr gelegen hatte, den hilflosen Sohn, der auf der Suche nach dem Telefon im Hause umhergeirrt war, den homosexuellen Sohn, dessen Schminke im Gesicht verlief – plötzlich wie aus einer Vogelperspektive, und sie sah eine Realität, die sie nicht annehmen konnte und die in ihrem Lebensentwurf nicht existierte. Ihr war, als würde sie aus einem Traum erwachen, und dieser Traum war die Wirklichkeit: eine Familie, die sie nie geliebt hatte, eine plötzlich zerstörte Sicherheit, die ihr Pankraz geschenkt und für die sie so viele andere Dinge in Kauf genommen und akzeptiert hatte. Ja, Verena stand neben sich und betrachtete ihr Leben wie einen fernen Gegenstand.

In diesem Augenblick öffnete sich der Aufzug, und der Intensivtross setzte sich vom Aufzug aus in Richtung Intensivstation in Bewegung. Der diensthabende kardiologische Oberarzt Dr. Franz und sein leitender Oberarzt Privatdozent Dr. Wagner, der aus dem Wochenende eigens zu der Herzkatheteruntersuchung des Professors hinzugekommen war, begleiteten den bedeutenden Patienten mit ernsten Gesichtern, und der Anästhesist und die erfahrene Intensivschwester verrichteten mit professioneller Sicherheit die notwendigen Handgriffe. Im Bett lag der verkabelte Pankraz Hörmann, er glich einer Puppe. Der Tubus ragte aus seinem Mund, das Gesicht war nicht mehr blau, sondern weiß, verschiedene Plastikkabel verbanden die Infusionsflaschen über dem Bett mit dem zentralen Venensystem seines Körpers, eine arterielle Druckmessung führte von einer Plastikschleuse in der rechten A. radialis zum EKG- und Blutdruckmonitoring über dem Kopfende.

Nicolas lief zum Bett seines Vaters und wollte sich über ihn werfen, wurde aber von der Intensivschwester zurückgehalten. Verena blickte die Ärzte fragend an.

»Ihr Mann hatte einen Herzinfarkt«, sagte der leitende Oberarzt. »Das rechte Herzkranzgefäß ist wiedereröffnet, und der Rhythmus ist stabil.«

»Gott sei Dank«, antwortete Verena, aber der leitende Oberarzt zuckte sacht mit den Schultern.

»Sie wissen es ja, Frau Hörmann. Entscheidend wird jetzt der Kopf sein«, bemerkte er dann. »Die Frage also, wie viel Schaden das Gehirn genommen hat.«

»Wovon hängt das ab?«, fragte Tobias.

»Wie lange hat Ihr Vater gelegen, bevor mit der Wiederbelebung begonnen wurde?«, fragte Privatdozent Dr. Wagner.

Verena und Tobias überlegten.

»Wir haben das Telefon gesucht und den Notarzt gerufen«, sagte Verena. »Bis er kam … höchstens vielleicht zehn Minuten«.

Die beiden Kardiologen schwiegen.

»Das ist eine lange Zeit«, sagte Privatdozent Dr. Wagner schließlich.

Erst mit der Zeit wuchs ein Bewusstsein für die Zusammenhänge. Pankraz Hörmann hatte einen Herzinfarkt mit konsekutivem Kammerflimmern erlitten. Wegen des Kammerflimmerns war er zusammengebrochen. Die Wiederbelebungsmaßnahmen hatten spät begonnen, das Gehirn war zu lange ohne Sauerstoffzufuhr geblieben. Der Professor hatte einen hypoxischen Hirnschaden davongetragen, er würde nicht mehr erwachen.

»Hättet ihr früher mit den Wiederbelebungsmaßnahmen begonnen, dann würde Papa vielleicht wieder erwachen«, sagte Nicolas.

Tobis blickte ihn hasserfüllt an.

»Und du? Du hattest ja Besseres zu tun, nicht wahr?«, antwortete er.

Nicolas blickte beschämt zu Boden.

In dieser Stimmung traf ich Pankraz Hörmann und seine Familie in jener Sommernacht des Jahres 2008 auf der Intensivstation des Universitätsklinikums an. Ich hatte von seinem Unglück gehört und wollte ihn noch einmal sehen. Verena, Nicolas und Tobias waren gerade im Begriff, die Station zu verlassen, als ich an ihnen vorbeiging. Sie erkannten mich nicht. Als ich sein Krankenbett erreichte, hörte ich aus dem Schwesternstützpunkt die Stimme eines jungen Assistenzarztes, der offenbar seinen Nachtdienst antrat:

»Ist das Arschloch endlich tot?«, fragte er.

»Noch nicht«, antwortete eine Schwester.

Ich weiß nicht, ob es Pankraz Hörmann war, über den sie sprachen. Ich habe es immer verabscheut, wenn ein Mensch über den anderen zu eindeutig und hart urteilt.

Dort lag er, Box 7, und ich wusste beim ersten Anblick, dass er sterben würde. Seine seltsamen wasserblauen Augen starrten ausdruckslos an die Decke des Krankenzimmers. Die Beatmungsdrücke waren submaximal, die Sauerstoffsättigung des Blutes lag bei 80 Prozent, die Katecholamine liefen über einen zentralen Zugang hoch dosiert in seinen erschöpften Körper hinein und dennoch zeigte die invasive Blutdruckmessung einen arteriellen Mitteldruck von 55 mmHg.

Dort lag Pankraz Hörmann, mein Kommilitone und Jugendfreund, ein Mann, der alles erreicht hatte, was man als Arzt im Deutschland der Gegenwart erreichen kann, der mir in so vielen Belangen überlegen war, und der mich brutal besiegt hatte – mich, Richard Seifert, den Erzähler dieser Geschichte.

Ich liege längst auf dem Rücken. Ich bin eine gescheiterte Existenz, ein vom Leben Enttäuschter, einer, der seine Ziele nicht erreicht hat, ein Versager in den Augen der gesellschaftlichen Leistungsträger und politischen Kraftmenschen um mich herum.

Und sie lassen es mich spüren. Jetzt aber stehe ich hier und betrachte Pankraz Hörmann, der im Sterben liegt.

Honor, my son, is what no man can give you, and none can take away.

Ich empfinde Mitleid.

Korbinian Scholls
letzter Schnitt

»Wir sind ja auch nur Tiere«
T.P.Z., in 2001

Liegt ein Sinn darin, aufzutauchen und 80 Jahre lang irgendetwas zu tun, um dann wieder von der Bildfläche zu verschwinden? Liegt ein Sinn darin, mit einem menschlichen Gehirn in diesen Dimensionen zu denken, oder lähmen solche Gedanken alle Aktivität? Anders herum: Liegt ein Sinn darin, nicht in diesen Dimensionen zu denken? Liegt ein Sinn darin, die Realitäten zu ignorieren? Gibt es diese Realitäten überhaupt? Die Erde dreht sich als ein Produkt des Zufalls durch das All. Auf dem Mars gab es vor Milliarden Jahren Wasser. Irgendwo in der unendlichen Weite des Firmaments lebt eine Rasse, ähnlich wie wir, und irgendwo noch eine und irgendwo noch eine. Eine intergalaktische Gemeinschaft von Lebewesen. Wir wissen nichts voneinander und werden nichts voneinander erfahren. Und doch: Angesichts der unendlichen Dimensionen der Zeit müsste es im Universum von Leben wimmeln. Warum spüren wir nichts davon? Ist das Leben auf der Erde eventuell doch einzigartig? Gott, ja Gott! Wer weiß? Jedenfalls wurden die Religionen gegründet, als die Evolution das ethisch fundierte Zusammenleben als Selektionsvorteil erkannte. Wir sind nur Menschen. Wir haben wenig Zeit. Vorgehalten wird die Ethik, aber in jeder unserer Handlungen offenbart sich das Tier. Auch die Gorillas würden Christentum und Buddhismus erfinden, wenn man ihnen lange genug Zeit dazu ließe. Man wird ihnen diese Zeit nicht lassen. Der Turmbau zu Babel schreitet voran. Die archetypischen Prophezeiungen erfüllen sich. Die Erde wird verglühen.

Kapitel 1

Als Jonas ein kleiner Junge war, schien das Leben klar und rein. Er liebte die Berge und den Himmel. Er liebte seine Mutter, seinen Vater und seine Schwester. Er wohnte in einem hellen Haus und liebte dieses helle Haus. Er ordnete so gerne sein Zimmer. Er spielte tagsüber mit den Nachbarjungen im Garten. Die Sonne schien. Die Bäume waren bunt. Die Gipfel der Berge, welche man vom Garten aus sah, waren weiß von Schnee. Nachmittags legte er sich an den grauen Schwedenofen im Wohnzimmer. Ein Feuer brannte darin. Hier war sein Platz. Wenn die Sonne unterging, glühten die Berge in allen Farben. Seine Augen glänzten vor Glück. Abends lag er zwischen Mutter und Vater und schlief dort ein.

Er hatte Erinnerungen an jedes Jahr seines Lebens:

Kindergartenzeit – Sein Vater brachte ihn, seine Schwester und die Nachbarskinder in den Kindergarten und ging dann die hölzerne Treppe mit nach unten. Sie rutschten auf dem Geländer. Unten wartete die Delphingruppe, die Ruheecke, die Sitzecke, die Spielecke, die Leseecke. Er wurde »Hausikönig.«

Schulzeit – Seine Eltern lernten mit ihm Schreiben und Lesen. Sie fuhren Ski, schwarze Pisten. Seine Eltern joggten mit ihm oder spielten Tennis. Sein Vater war bei ihm, wenn er einschlief. Sein Vater liebte ihn so sehr. In jedem Wort spürte er das, in jedem Kuss, den sein Vater ihm auf die Stirne drückte. Sein Vater liebte ihn. Er fragte alles, was er wissen wollte. Und er bekam auf alles eine Antwort. Auf Fragen nach der Welt, nach den Sternen, nach Gott. Manchmal sagte sein Vater: »Ich weiß es nicht.«

In jedem Frühling, wenn der Schnee in den Höhen taute, gingen sie früh morgens auf einen Berg. Um vier Uhr liefen sie los, es war noch stockdunkel, der Himmel war sternenklar. Sie stiegen Hand in Hand. Sie liefen an einer Hütte vorbei, in der noch alle schliefen. Es wurde Tag. Sie hörten einen Buntspecht, der seine Balz an einen hohlen Baumstamm und über die Täler hämmerte. Sie kamen an die Schneegrenze, sie stiegen durch den Schnee. Die Sonne ging auf, und ihr gleißendes Licht fiel über die Landschaft. Der Schnee blendete. Der Himmel war blau. Im Tal breitete sich ein großer See aus. Es war anstrengend, und sie atmeten tief. Oben tranken sie Tee und fotografierten die Bergsilhouetten nach Süden. Dann stiegen sie Hand in Hand bergab und betrachteten die Bergkrokusse, die zwischen den Schneefeldern in voller Blüte standen. Die Gespräche, die Fragen, die Umarmungen mit dem Vater – alles prägte sich tief in Jonas Gedächtnis ein. Alles verging. Aber es blieb auch. Als Erinnerung. Jonas strahlte vor Glück. Sie kamen irgendwann an den Ausgangspunkt zurück, fuhren mit dem Auto zu einer Bäckerei, kauften Brötchen und frühstückten mit den beiden Frauen auf der Terrasse vor dem hellen Haus. Familienidyll ohne Untiefen. Die Nachbarkinder kamen, Pius, Anna, Titus. Alles war warm und voller Leben.

Gymnasialzeit – Sie lernten zusammen, und in den Ferien reisten sie mit der Familie in ferne Länder, in die Hauptstädte Europas, Rom, London, Wien, Paris. Aber sie reisten auch nach Afrika, Swaziland, wo Kinder ohne Eltern mit dunkelbraunen Augen und dünnen Armen neugierig angerannt kamen und sie bestaunten. Johanna und Jonas vergaßen die braunen Augen der AIDS-Waisen, die in Rotten zusammenlebten, nie. Die Mädchen waren Objekte der Lust für junge Männer, ihre Brüder waren überfordert und krank. Das Leben in Swaziland glich einem Viehstall. Einem Viehstall, in dem gelacht wurde. Wie schön war es dagegen, in den Bergen Süddeutschlands zu leben, jeden Tag zu essen, zu spielen, zu lernen und zu schlafen, fest angefasst von Vater und Mutter. Man hätte ja auch in Afrika geboren werden können, in Swaziland, und mit dreizehn oder vierzehn wäre das Leben zu Ende gewesen.

Jonas hätte die Dinge gerne so festgehalten wie sie waren. Das war nicht möglich. Irgendwann musste er sich trennen. Jeder Mensch muss sich irgendwann trennen: von der Kindheit, von Vater und Mutter, von einer Frau, von einem Sohn, von sich selbst. Aber etwas bleibt zurück. Wie in einem Baumstamm die Jahresringe bleiben. Ein Teil der Kindheit, die Geborgenheit. Ein Teil von Vater und Mutter, ihre Liebe. Ein Teil der Frau, die Erinnerung. Ein Teil des Sohnes, der Schmerz. Ein Teil von uns selbst, die Geschichte unseres Lebens. Diese Geschichte ist nicht immer schön.

Die Abgründe der menschlichen Seele taten sich nur langsam vor ihnen auf. Wie hätten Johanna und Jonas sie sehen und verstehen sollen?

Für Kinder, die geliebt und geachtet werden, leben die Erwachsenen in einer stabilen Welt. Sie sind Schutzstätte, Rettungsinsel, moralische Instanz, Vorbilder, denen es nachzustreben gilt. Sie lieben an der richtigen Stelle und sie hassen an der richtigen Stelle. Ursache einer Verwirrung ist das eigene Unverständnis, nichts anderes. Dieses Bild wird nur sehr langsam korrigiert. Und die Korrektur ist schmerzhaft. Sie tut weh, sie tut so wahnsinnig weh.

Manchmal betrachtete Jonas seinen Vater, sah ihm zu, wenn er in Gesellschaft war oder seinem Beruf nachging. Er sah ihn hektisch, er sah ihn traurig, er sah ihn fröhlich, er sah ihn so, wie er war. Jonas begann, das Gesicht seines Vaters zu sehen, wie es wirklich war. Es wirkte meistens milde und freundlich, das Gesicht seines Vaters.

Kapitel 2

Korbinian war kräftig, schnell und klug. Als er aufwuchs, stand das Schicksal auf seiner Seite. Groß wurde er und stark. Hohe Stirn, tiefe Stimme, Frauentyp. Er lachte viel. Warum auch nicht? Er studierte Medizin. Er wollte Herzchirurg werden.

Sein Vater war ein einfacher und gütiger Mann, der als Organist an einer Barockorgel irgendwo in Süddeutschland arbeitete. In einer Zeit, in der Gottesdienste in Süddeutschland noch etwas galten, in der die katholische Kirche noch nicht von öffentlich gewordenen Missbrauchsskandalen erschüttert wurde, verrichtete Korbinians Vater eine anerkannte Pflicht im Gemeinwesen.

Korbinian saß häufig zu Füßen seines Vaters und lauschte den metallisch-dröhnenden Klängen der Orgel. Gleichzeitig betrachtete er die Gemeindemitglieder mit seinen großen Kinderaugen.

Sie gähnten im Gottesdienst, sie bohrten in der Nase und sie schnäuzten sich. Pfarrer Heinrich predigte mit donnernder Stimme vom Guten und vom Bösen, und der Unterschied schien ihm vollkommen klar zu sein. Der Chefarzt des Krankenhauses nickte zustimmend und blickte vielsagend seitwärts auf Gattin und Söhne. Der Schuldirektor warf einen strafenden Blick auf den ältesten Ministranten, welcher ironisch lächelte. Die Besitzerin des Tante-Emma-Ladens war längst eingeschlafen. Als der Gottesdienst zu Ende war, schüttelten sich alle Dorfbewohner draußen vor der Kirche befreit die Hände, und Korbinian strolchte zwischen ihren Beinen hindurch und belauschte die Gespräch. »Geht ihr noa auf an Berg?« »Des isch aber z'heiss. Wos moacht denn ihr?« »Mir gannt inn See.« »Hennt ihr's guat. Bei uns kommet die Verwandte. Füadi.«

Korbinian strolchte zwischen den Beinen der Erwachsenen hindurch und lebte in der Mitte der Welt.

Als Korbinian aufwuchs, stand das Schicksal auf seiner Seite. Die Eltern liebten, die Lehrerinnen mochten ihn, die Mitschüler achteten ihn und die Mitschülerinnen träumten von ihm. Das genoss er. Er liebte die jungen Frauen, ihre weichen geschwungenen Linien (als Kind hatte er den Schnee geliebt), und ein Asket war er nicht. Aber er blieb immer ernsthaft und freundlich in diesen Begegnungen, auch wenn viele der Träume sich nicht erfüllten oder enttäuscht wurden, weil sie für manche der Mädchen zwar zunächst Realität, aber dann sehr bald Vergangenheit waren. So ist die Jugend. Man bindet sich, man löst die Bindung. Auch Korbinian war viele Jahre jung.

Dann wurde es ernster. Im Studium saß er in einer der Studentenkneipen der Stadt Mainz auf einem Hocker an der Bar. Eine junge Frau kam herein, groß, schlank, braunhaarig, braune Augen, weicher Mund, weiche Brust, schmale Taille. Sie hieß Sara und studierte Pädagogik. Sie begannen zu reden, und für beide war es wie Gesang. Seine warme, dunkle Stimme brachte jede

Faser in ihr zum Schwingen. Sara konnte sich nicht wehren, sie wollte es auch nicht. Korbinian war freundlich, verbindlich, nett, zurückhaltend. Er sprach von seiner Familie. Er sprach von einer Familie.

Korbinian und Sara gründeten eine Familie. Sie heirateten in derselben oberschwäbischen Barockkirche, in der Korbinian einst dem Orgelspiel seines Vaters gelauscht hatte. Die Orgelpfeifen kamen ihm jetzt kleiner vor, und er war sich nicht mehr ganz sicher, was die geschwungenen Pilaster, die Emporen, die Putten und die Ölgemälde wirklich abbildeten. Die Ehe aber, als christliches Sakrament, war über jeden Zweifel erhaben, eine Errungenschaft der religiösen Zivilisation, ein heiliger Rahmen, der sich um die Zweisamkeit von Mann und Frau spannte, ein Erfüllungsmerkmal, das diese Zweisamkeit historisch von den Zweisamkeiten der Vergangenheit abhob. Sara und Korbinian waren bereit. Sie feierten, sie tanzten, sie liebten sich. Sie liebten sich sehr. Zehn Monate nach der Hochzeit in jener oberschwäbischen Barockkirche wurde ihr erster Sohn geboren. Sie nannten ihn Albertus. Er war gesund und kräftig. Ein Jahr später kam seine kleine Schwester zur Welt. Sie tauften sie Anna.

Natürlich war das Familienleben nicht immer einfach. Natürlich lebten sie in einer Großstadtwohnung. Sara musste die Räume sauber halten, sie mussten einkaufen gehen, den Mülleimer leeren, abwaschen. Die Kinder schrien, sie mussten gewickelt werden. In der Nacht konnten sie nicht schlafen, und sie hatten weniger Zeit füreinander und für ihre Liebe. Aber Sara und Korbinian trugen es mit Geduld. Sie hatten verstanden, dass in ihrem Leben die Zeit angebrochen war, in der sich die eigene Persönlichkeit in erster Linie dadurch erfüllt, dass sie sich zurücknimmt.

Beruflich schritt Korbinian schnell voran. Seine Körpergröße, sein gutes Aussehen, seine Bodenständigkeit und Klugheit halfen ihm dabei. Auf den Visiten wurde er von den Patienten mit »Herr Professor« angesprochen, noch lange bevor er sich akademische Würden erworben hatte. Er avancierte schnell, zu schnell in den Augen vieler seiner Berufskollegen. »Herr Scholl larviert sich mühelos nach oben«, sagte Koch, einer der Oberärzte zu seinem Kollegen Höhe. »Keine Kunst, wenn man sich von Anfang an auf den Schoß des Chefs setzt«, antwortete Höhe.« »Für den Schoß des Chefs ist Scholl nun wirklich zu groß«, sagte Koch lachend und freute sich sichtlich über den ausgezeichneten Scherz. Rothe, ein klein gewachsener, dunkelhaariger Assistenzarzt, amüsierte sich über das Gespräch seiner Oberärzte, das in aller Offenheit auf dem Gang geführt wurde. »Korbinian muss aufpassen«, flüsterte er seinen Kollegen vielsagend und geheimnisvoll zu. »Ach Quatsch, der ist stark und kann sich wehren«, bekam er zur Antwort. »Außerdem kann ihm ein bisschen Druck nichts schaden.«

Ja, es gab viele Neider, und diese formierten sich. Dann starb ein Patient, und Korbinian war erster Operateur.

In der Herzchirurgie sterben immer wieder Patienten, das ist nun einmal so. Fleisch ebnet sich zu Land. Meist wird es Fleisch, manchmal aber wird es eben Land. Die Herzchirurgie operiert in einer Grenzzone, und jeder ernstzunehmende Arzt weiß das. Er weiß, dass eine herzchirurgische Ausbildung ihre Opfer fordert, dass es Tote gibt, dass das Schicksal zuschlägt, wenn es sich dazu bemüßigt fühlt. Genauere Auskunft geben die Statistiken, denn in der prozentualen Häufigkeit lassen sich fatale Ereignisse erfassen. Das Schicksal wird mathematisch gebannt – und diese Vorgehensweise ist fair. Sie ist in den Grenzen des menschlichen Verstandes objektivierbar.

In der universitären Alltagspolitik wird allerdings anders agiert. Der individuelle Tod ist statistikfeindlich, die Statistik hilft weder dem verstorbenen Patienten noch seinen Angehörigen. Und natürlich kann ein Operateur auch bei einwandfreier persönlicher Operationsstatistik einen schweren individuellen Fehler machen – abhängig von Situation und Tagesform. Aus diesen Gründen wird im medizinischen Alltag jeder Todesfall politisch verwertet. Hebt sich der verantwortliche Operateur nicht aus der Kollegenschar ab, ist er blass, farblos, so wird der Todesfall als schicksalhaft eingestuft. Ist der Arzt aber fleißig und ehrgeizig und somit in der beruflichen Hierarchie als Konkurrent identifizierbar und bedrohlich, so wird der Todesfall als moralisch verwerflich vermarktet. Diese Vermarktung überfärbt jede Statistik. Menschen glauben dem Vermarkteten mehr als der statistischen Wahrheit. Das Leben ist Psychologie. Wirklich objektivierbar ist dabei – fast nichts.

Auf diese Weise kam das Gerücht auf, dass die Patienten unter Korbinians Händen »reihenweise« versterben. Von den Konkurrenten wurde dieses Gerücht bereitwillig genährt und verbreitet. Wenn es einmal im Raum steht, dann arbeitet einem Gerücht jedes Ereignis zu. Dann wühlt der Neid im Garten neue Hügel. Hügel reihte sich an Hügel, und die Hügel warfen sich zu einem Berg auf, der unverrückbar war. So wuchtig wie Korbinians Körper, so mächtig wuchs das Gerücht, das sich gegen ihn stemmte.

Korbinian sollte die Ehefrau des Oberbürgermeisters operieren. Der Klinikdirektor sprach seinem leitenden Oberarzt das Vertrauen aus, er stellte sich demonstrativ hinter Korbinian Scholl. Korbinian war ihm dankbar. Mit großer Akribie bereitete er sich auf die Operation vor, das Aufklärungsgespräch mit allen Angehörigen führte er persönlich und nahm sich dazu viel Zeit. Der Oberbürgermeister der Universitätsstadt war ein großer, schlanker schwarzhaariger Mann, der die Angewohnheit besaß, am Ende eines jeden Satzes die Gesichter aller Anwesenden auf die Wirkung seiner Worte zu überprüfen – eine Politikergeste.

Korbinian sprach über die Indikationen, die Durchführung und die Komplikationen einer herzchirurgischen Operation. Er blickte allen Angehörigen direkt ins Gesicht.

»Sie haben drei Herzkranzgefäße, Frau Fetzer, diese Herzkranzgefäße versorgen den Herzmuskel mit Blut, und zwei der drei Gefäße sind hochgradig verengt. Die Kollegen aus der Kardiologie haben die Herzkatheteruntersuchung durchgeführt, den Befund erhoben und Ihnen die Konsequenzen erklärt.«

Frau Fetzer nickte.

»Ja, ihre Kollegen haben mir das erklärt.«

»Leider« fuhr Korbinian fort, »kann man das Problem nicht mit einer Aufdehnung und einem Stent beheben, sondern muss eine Herzoperation, eine sogenannte Bypassoperation durchführen. Hierbei wird der Brustkorb eröffnet und das Herz freigelegt. Die Brustwandarterien und aus dem Unterschenkel entnommene Beinvenen werden hinter den Engstellen auf die Herzkranzgefäße aufgenäht und in die aufsteigende Hauptschlagader inseriert.«

»Ich weiß das alles«, unterbrach Frau Fetzer ungeduldig, »ich habe alles gelesen«.

»Ja, wir haben alles gelesen«, bestätigte ihr Mann und blickte forschend in die Gesichter der Anwesenden.

Korbinian Scholl nickte.

»Und dennoch müssen wir über eventuelle Komplikationen sprechen«, entgegnete er ruhig.

»Die zum Glück sehr selten sind«, unterbrach der Oberbürgermeister und betrachtete ihn eindringlich.

Korbinian ließ sich nicht beirren.

»Ja, sie sind selten«, sagte er. »Dennoch kommen sie vor.«

»Wenn der Operateur schlecht ist«, erwiderte der Oberbürgermeister.

Korbinian schüttelte den Kopf.

»Nein, Herr Oberbürgermeister Fetzer, nein. Mit dem Operateur hat das nicht notwendigerweise etwas zu tun. Vieles in der Medizin geschieht schicksalhaft.«

»Würden Sie diese Ausrede bei der Reparatur Ihres Autos gelten lassen?«, fragte Frau Fetzer forsch.

»Der Mensch ist eben keine Maschine, sondern ein Lebewesen«, erwiderte Korbinian Scholl. »Auch wenn die Zeitungen gerne den Eindruck vermitteln, dass die Medizin kontrollierbar ist und die Dinge planbar sein müssen. Sie sind es doch allerhöchstens zum Teil.«

»Machen wir es kurz«, sagte der Oberbürgermeister ungeduldig. »Was kann passieren?«

»Prinzipiell kann alles passieren – bis zum Tod«, antwortete Korbinian.

»Na, wunderbar«, sagte Frau Fetzer.

Korbinian lächelte.

»Wenn Sie mit dem Auto nach München fahren, kann auch alles passieren – bis zum Tod«, fuhr er fort.

»Mag sein«, erwiderte der Oberbürgermeister. »Aber in diesem Fall habe ich die Dinge selbst in der Hand.«

»Okay«, antwortete Korbinian beschwichtigend. »Vielleicht ist das ein Unterschied. Ich wollte lediglich zum Ausdruck bringen, dass es bei allen unseren Tätigkeiten ein Restrisiko gibt, gleichgültig was wir tun.«

Er schlug jetzt einen sehr sachlichen Ton an.

»Die aortokoronare Bypassoperation ist heutzutage ein Routineeingriff. Wie jeder Eingriff am offenen Herzen ist aber auch diese Operation nicht risikofrei. Es können, trotz steriler Bedingungen im Operationssaal und vorbeugender Antibiotikagabe, Wundinfektionen auftreten. Es kann an den Nahtstellen der Bypassgefäße nachbluten, dann strömt Blut in den Herzbeutel und behindert die Pumpfunktion des Herzens. Bei dieser Komplikation ist eine Notfalloperation nötig. Während der Bypassoperation fließt das Blut durch die Kunststoffschläuche der Herz-Lungen-Maschine. Dadurch können Blutgerinnungsstörungen auftreten. Durch Verschleppung von Blutgerinnseln kann es in seltenen Fällen zu Schlaganfällen und Herzinfarkten kommen. Insgesamt liegt die Sterblichkeit der Bypassoperation bei einem bis drei Prozent.«

Der Oberbürgermeister und seine Ehefrau hörten mit großen Augen zu. Als Korbinian geendet hatte, ergriff der Politiker das Wort:

»Ihr Chef spricht Ihnen das Vertrauen aus, also schließen wir uns an«, sagte er. »Arbeiten Sie steril, dann wird es nicht zu Infektionen kommen, und nähen Sie sauber, dann wird es auch nicht nachbluten. Ich hoffe, dass Sie sich Ihrer Verantwortung bewusst sind, und ich hoffe, Sie wissen, wen Sie operieren. Sollte etwas passieren, ist dies Ihrem medizinischen Renommee sicher alles andere als zuträglich.«

Korbinian Scholl stutzte. Aber er schwieg. Dieser Mann hat seine eigene Art, die Mitmenschen unter Druck zu setzen, dachte er.

»Ich kann Ihnen nur versprechen, alles Menschenmögliche zu tun, um Ihrer Gattin zu helfen«, sagte er schließlich.

»Dann sind wir uns ja einig«, antwortete der Oberbürgermeister.

Seine Frau nickte, und das Gespräch war beendet.

Es war – Schicksal. Die Operation verlief einwandfrei. Korbinian Scholl revaskularisierte komplett arteriell. Off-Pump, zwei Stunden. Frau Fetzer wurde noch am selben Morgen wieder extubiert. Sie wurde auf die »Intermediate Care«-Station verlegt, war hämodynamisch stabil und ansprechbar. Ihr Ehemann besuchte sie und freute sich. Er beglückwünschte Korbinian Scholl zu seinem Erfolg.

Plötzlich brach Frau Fetzer mit dem Blutdruck ein. Die sofort begonnenen Wiederbelebungsmaßnahmen waren erfolglos. Frau Fetzers Leben war zu Ende.

Es folgte eine Selbstanzeige, die Leiche wurde beschlagnahmt, die Obduktion ergab eine fulminante Nachblutung bei Nahtinsuffizienz. Der Staatsanwalt stellte das Verfahren ein und gab die Leiche frei. Juristisch war die Vorgehensweise einwandfrei. Das Aufklärungsgespräch war hinreichend ausführlich und dokumentiert. Frau Fetzer war an einer seltenen, aber gängigen Komplikation verstorben. Juristisch war die Vorgehensweise einwandfrei. Juristisch.

Faktisch verarbeitete Herr Oberbürgermeister Fetzer die Trauer, indem er seine Drohung Wirklichkeit werden ließ. Korbinian Scholl setzte in der Stadt keinen Fuß mehr auf den Boden. Er musste gehen. Kein Patient wollte sich mehr von ihm operieren lassen. Trotz des juristisch einwandfreien Verlaufs versagte sein Chef ihm die Unterstützung. Er hatte in der Stadt nun endgültig den Ruf, dass die Patienten unter seinen Händen verstarben. Alle Statistiken, alle Qualitätssicherungsdaten, die er vorlegte, halfen nichts. Ein einziges Ereignis zum falschen Zeitpunkt – und alle Statistiken sind machtlos.

Professor Dr. Korbinian Scholl hatte in der universitären Abteilung ausgespielt. Sein Chef legte ihm nahe, »sich etwas anderes zu suchen«. Unter den gegebenen Voraussetzungen war das nicht einfach. In der Medizin verbreiten sich negative Gerüchte sehr schnell. Sie ziehen durch das Land, ohne Grenzen zu respektieren.

Bedrängt von den Ereignissen der Gegenwart dachte Korbinian Scholl über den Tod nach. Er war sich dabei durchaus im Klaren, nicht der erste Mensch zu sein, der über den Tod nachdachte. Aber kaum jemand wusste ja so unmittelbar etwas darüber wie die Vertreter seines Berufsstandes. Der Tod in seiner beruflichen Alltäglichkeit erschien ihm fast als banal. Wie viele Rippen hatte er zerbrochen und wie viele Brustkörbe hatte er aufgeschnitten, um dem Tod zu trotzen. Wie oft war es gelungen, und wie oft war es nicht gelungen? Wie oft waren diese Augen, in denen vorher noch eine letzte Glut loderte, eine Glut der Hoffnung – wie oft war diese Glut schon unter seinen Händen erloschen?

Trotz dieser Alltagserfahrungen, trotz der allgegenwärtigen Erkenntnis der Vergänglichkeit war da dieser brutale Konkurrenzkampf unter den Ärzten. Es gab für ein Opfer dieses Berufes und seines Spiels mit Schuld und Schuldgefühlen keinen Schutz. Welche Hybris sprach aus den triumphierenden Gesichtern der Kollegen, die Korbinian auf den Fluren entgegeneilten und ihm seinen Misserfolg so sehr gönnten? Welches Unverständnis hinsichtlich des ärztlichen Berufes und der Gefahren auch für die Kollegen selbst! Hippokrates hin, Hippokrates her. Wer war das noch und wozu? Immer wieder im menschlichen Leben offenbart sich dieses selbe Phänomen: Über den Besiegten senkt sich der Daumen. Wenn der Todesstoß möglich ist, dann wird er vollendet. Und der Erlöser?

Der Erlöser wurde nicht gefragt. Im Deutschland des beginnenden 21. Jahrhunderts waren Religion und Transzendenz in Vergessenheit geraten. Die großen Kriege lagen lange zurück, kaum einer lebte noch, der sich erinnerte. Den Menschen ging es in einem bisher nie dagewesenen Ausmaß gut, jeder hatte zu essen, hatte eine Schulbildung, ein definiertes Gehalt – mal mehr, mal weniger. Jeder hatte ein Recht auf die beste Gesundheitsversorgung, auf eine definierte Anzahl von Urlaubstagen. Berufsanfänger sprachen von der »work-life-balance«, und alle Arbeitenden wussten, wann sie in Rente gehen würden. Nur der Tod blieb unberechenbar wie eh und je – auch wenn er sich statistisch gesehen immer weiter nach hinten verschob.

Die Menschen waren deshalb nicht zufriedener, im Gegenteil. Ihre Unzufriedenheit entzündete sich an Kleinigkeiten, ihr Zorn nährte sich von Bagatellen. Ja, Transzendenz und Humanität befanden sich auf dem Rückzug, und eine neue brutale Gegenwärtigkeit hielt stattdessen Einzug. Eine satte Stille vor dem Sturm, anspruchslos, fast dumm, auf den Vorteil ausgerichtet, ohne Transzendenz, ohne Erlöser.

Folgerichtig empfand mit Korbinian Scholl niemand Mitleid. Die Kollegen zerrissen sich die Münder, die Freunde zogen sich zurück. Sara unterstützte ihren Mann, wie eine liebende Ehefrau einen Mann unterstützt. Am Abend wurde gesprochen:

»Dann kündige doch«, sagte Sara.

»So einfach ist das nicht«, antwortete Korbinian.

»Du bist gut genug, du wirst etwas finden«, entgegnete sie.

Er schüttelte den Kopf.

»Ich habe den Eindruck, dass sich zurzeit alles gegen mich wendet, Sara. Wir haben Kinder, ich habe Verantwortung.«

Sara betrachtete ihren Ehemann. Korbinian, den sie in ihrer bisherigen gemeinsamen Zeit immer nur als Sieger kennengelernt hatte, machte einen ungewöhnlich bekümmerten Eindruck auf sie, er wirkte beinahe alt. Zwar war Sara berufstätig, Lehrerin in fester Anstellung, und selbst Zeiten der Arbeitslosigkeit für Korbinian konnten finanziell aufgefangen werden – aber eine Frau, die einen Jäger geheiratet hat, weil er ein Jäger war – was geht in einer solchen Frau vor? Wenn der Jäger zum Gejagten wird. Wenn er versagt. Wenn die Beute ausbleibt. Fühlt sich die Frau betrogen? Ja, sie fühlt sich betrogen. Sie hatte nur ein Leben zu verschenken, nur eine Jugend, nur eine Zukunft, einen Traum. Ihr Geschenk galt einem Jäger, männlich, erfolgreich. Keinem Verlierer, keinem Schwächling.

Saras und Korbinians Ehe begann plötzlich auf eine neue Weise. Die Zweifel begannen, das Nachdenken, der Wahn von der zweiten Chance, die »Was-wäre-gewesen-wenn-Gedanken«, die ersten Spuren des Alters in den Gesichtern, vielleicht auch die gegenseitigen Vorwürfe. Szenen einer Ehe. Dennoch verpflichtet ja die Ehe, verpflichtet die Liebe. In guten wie in schlechten Zeiten. Sara und Korbinian erinnerten sich an die Worte des Pfarrers, plötzlich wurden sie relevant, waren vom Abstrakten ins Tatsächliche geglitten – wie so viele Worte und Gedanken aus der Vergangenheit in einem Menschenleben Realität werden, ohne dass man es tatsächlich wollte.

Vor vielen Jahren verabscheuten wir wohl die Abbilder unserer Zukunft, und wir sind beileibe nicht die einzigen, denen es so erging. Aus der Perspektive des kritischen jungen Mannes betrachtet, bleiben nicht viele Vorbilder übrig. Die meisten älteren Menschen sind eher abschreckende Beispiele als Vorbilder.

Warum? Warum erlebt das reifende menschliche Leben das gereifte als so wenig nachahmenswert? Wegen der vielen Kompromisse?

»Das ist doch Unsinn, Korbinian«, antwortete Sara auf seine Gedanken. »Du hast einfach Pech gehabt, das gibt es eben. Es ist kein Grund, die Dinge prinzipiell in Frage zu stellen.«

Korbinian blickte sie an.

»Du hast ja recht«, sagte er, gequält lächelnd.

Gleichzeitig funkelte in seinen Augen ein Anflug von kaltem Entsetzen, den Sara bisher nie gesehen oder wahrgenommen hatte. Sein Gesicht war blass, seine Züge angespannt. Sie spiegelten den Verlust des Grundvertrauens wider, die Mutlosigkeit, die sich in Korbinians Seele Raum verschaffte, und die umso bemerkenswerter war, als sie zu diesem großen, starken, vitalen, kämpferisch veranlagten und gut aussehenden Mann überhaupt nicht zu passen schien.

»Die Frau ist tot«, sagte er plötzlich leise. Sara schwieg und wartete. »Ich habe sie operiert. Eine meiner Nähte hat nicht gehalten. Daran ist sie gestorben.« Er machte eine Pause. »Ich weiß auch genau, welche Naht es war«, sagte er dann mit weit geöffneten Augen.

Sara schüttelte den Kopf.

»Korbinian, das ist Unsinn. Du steigerst dich in etwas hinein. Frau Fetzer ist an einer gängigen Komplikation verstorben.«

Wieder lächelte er unfroh.

»Es ist die dritte gängige Komplikation innerhalb kürzester Zeit«, erwiderte er schließlich. »Ich muss mir langsam die Frage stellen, ob es nicht an mir selbst liegt. Vielleicht ist es eben doch so, wie alle sagen«.

»Korbinian«, antwortete Sara fast beschwörend. »Hör auf. Du weißt selbst am besten, wie die Ärzte sind. Von Ehrgeiz zerfressen. Jeder freut sich über die Komplikationen des anderen und nutzt sie für seine Zwecke.«

Korbinian wurde still, seine Augen aber weiteten sich erneut.

»Möglicherweise ist die Ursache weniger der Ehrgeiz als die Angst vor den eigenen Fehlern«, sagte er dann leise.

Sara antwortete prompt:

»Ja, das mag eine Rolle spielen. Unter dem Strich ändert es aber nichts. Diese Themen sollten nicht benutzt werden, um sich gegenseitig unter Druck zu setzen. Und wenn es trotzdem jemand tut ... dann darf man diesem Druck nicht weichen.«

»Sara, alles das mag richtig sein, wenn man keine Schuld empfindet«, sagte Korbinian leise. »Ich bin aber schuld am Tod dieser Frau.«

»Nein, Korbinian, das bist du nicht«, erwiderte Sara. Sie nahm ihren Ehemann in den Arm. »Du bist nicht schuld an ihrem Tod, verstehst du?«

Ihre Worte klangen plötzlich flehend. Korbinian hob für einen Augenblick die Augen und betrachtete liebevoll ihr Gesicht. Dann aber sank er zurück in seine panische Lethargie.

Kapitel 3

Seit längerer Zeit hatte Korbinian bereits an einer Alternative gearbeitet – aus einer Ahnung heraus, einer perspektivischen Verunsicherung und Vermutung, dass seine universitäre Zeit befristet sein werde. Ein tief verwurzelter Abscheu gegen die Intrige, gegen das Prinzip des unbedingten »Siegenmüssens um jeden Preis« hatte zu einem Denken in Alternativen geführt, hatte ihm früh insinuiert, dass er der kompromisslosen Auseinandersetzung mit den Arbeitskollegen dauerhaft nicht gewachsen war.

Er war zu schwach. Zu sensibel, um dem Konkurrenzdruck auf Dauer standzuhalten. Vielleicht war er auch zu unsicher und kritisch den eigenen Fähigkeiten gegenüber. Eine Portion Dummheit gehört zum Erfolg hinzu wie der optische Makel zur wahren Schönheit. Die erfolgreiche Intelligenz unterdrückt die kritische Selbstreflexion. Ein Plädoyer für den intellektuellen Narzissmus, der über Selbstzweifel siegt.

Ist er erstrebenswert? Ja und nein. Selbstkritik lähmt. Aber sie schafft auch Stil. Misserfolg deprimiert. Aber er spornt auch an. Wunden schmerzen. Aber die wirkliche Erfüllung ist von Wunden schwer. The remains of the day. Immer wieder stellt sich die Frage nach der richtigen Entscheidung, dem besten Weg. Ist es der direkte, kurze, einfache, ist es der beschwerliche, lange, oder ist es der Kompromiss? Welcher Zweck heiligt die Mittel?

Der Sieg allein ist es nicht. Denn er kann sich als Niederlage erweisen. Wenn die falsche Sache siegt. Wenn der Sieg auf Kosten von Wahrheit, Menschlichkeit, Güte erfochten wird. Das wird er oft genug. Ein Individuum, welches unterliegt, leidet in brutaler Form. So hat Jesus für seine Botschaft gelitten, van Gogh für seine Bilder, Danton für die Revolution, Mozart für die Musik, die Geschwister Scholl für die Menschlichkeit und Forssmann und Grüntzig für die Kardiologie. Für diese Art von Leiden gibt es auf der Erde keinen Trost. Jesus, van Gogh, Danton, Mozart, die Geschwister Scholl, Forssmann, Grüntzig – und ihr himmlischer Lohn.

Ja, ja. Hoffentlich wird er ihnen zuteil. Nüchtern betrachtet ist die Chance nicht besonders groß. Denn welchen Grund sollte es dafür geben, dass Jesus, van Gogh, Danton, Mozart, die Geschwister Scholl, Forssmann oder Grüntzig nach dem Tode anders behandelt werden als jeder andere Mitteleuropäer? Oder als ein Mensch, der in Afrika oder Asien stirbt? Oder als eine Ameise oder eine Kröte oder ein Nilpferd? Evolutionär ist alles dieselbe Geschichte. Die Frage ist: Gibt es ein in der Natur verankertes, dem Leben zugrundeliegendes System der Gerechtigkeit, der Belohnung von konstruktiver Leistung und ethischem Handeln oder der Bestrafung ihres Gegenteils? Die Antwort ist: Zu viele Zufälle sind im Spiel. Der eine lebt kurz, der andere lang, der eine ist erfolglos, der andere erfolgreich, der eine ist klug, der andere dumm, der eine gesund, der andere krank, der eine ein

Tor, der andere ein Genie, der eine Altruist und der andere Verbrecher. Nein, einen postmortalen Himmel gibt es nicht. Er ist ein virtuelles Konstrukt der Religionen, die ihrerseits ein Instrument der Evolution sind, weil sie ein soziales Zusammenleben garantieren. Diese Grundidee ist unter den Weltreligionen einigermaßen austauchbar, ihre Unterschiede sind nur eine Konsequenz der verschiedenen Kulturen. Sie überlebten dank einer Drohung, die ihnen Macht verlieh. Ihre Gründer waren arm, ihre Machthaber sind reich.

Ist es also erstrebenswert, auf der Erde Jesus, van Gogh, Danton, Mozart, die Geschwister Scholl, Forssmann oder Grüntzig zu sein? Oder doch lieber Napoleon oder Putin oder gar Hitler? Über Leichen gehen und Paläste bauen, in denen man dann selbst wohnt? Große Straßen hinterlassen, monumentale Bauten und weite Alleen? Paris, Moskau, Berlin, New York? Oder beispielsweise August der Starke in Dresden? Ein goldenes Reiterstandbild für einen riesigen Penis, der 300 Kinder zeugte?

Was sind die Ziele unseres Lebens und wo? Warum spricht das Gewissen? Gibt es auch hierfür einen genetischen Code? Das Gewissen als Selektionsvorteil für die Art? »Survival of the fittest« auf Umwegen? Die Zehn Gebote als Darwin'sches Prinzip?

Keiner weiß es. Die Kirchenvertreter ebenso wenig wie die Wissenschaftler.

Jedenfalls hatte Korbinian Scholl seit längerer Zeit an einer Alternative gearbeitet. Er hatte, gemeinsam mit einem Bekannten, einen Wirtschaftsplan zur Gründung eines Herzzentrums entworfen, das die Versorgung von Patienten im ländlichen Raum sicherstellen sollte. Der Bekannte hieß Lauer, Tobias Lauer. Sie hatten sich während eines berufsbegleitenden Wirtschaftsstudiums kennengelernt, das sie mehr oder weniger heimlich absolvierten. Denn auch zu dieser Anstrengung äußerten sich einige Personen despektierlich.

»Ich habe das alles noch ohne Fachhochschulstudium gelernt«, sagte Korbinians Abteilungsleiter süffisant, als er davon erfuhr.

Und dennoch. Das deutsche Gesundheitssystem wurde Anfang des 21. Jahrhunderts von einer zunehmenden Ökonomisierung geprägt. Qualität, Transparenz und Wirtschaftlichkeit waren die Kriterien, an denen der Erfolg einer Institution gemessen wurde. Dabei stand die Wirtschaftlichkeit im Mittelpunkt. Wenn sie nicht gewährleistet war, zerbröckelte auch der Rest. Zahlreiche Kliniken wurden geschlossen. Die mächtigsten Männer im Krankenhaus waren die Ökonomen. Die Ärzte spielten eine bestenfalls komplementäre Rolle. Private Krankenhausträger übernahmen Klinikverbünde und entwickelten sie zu Konzernen.

Dr. Lauers Ehefrau hieß Annika, seine Kinder Johanna und Jonas. Die Familien trafen sich zu einem ersten gegenseitigen Kennenlernen in jenem oberbayerischen Landkreis, in dem Dr. Lauer und seine Familie beheimatet waren und der als Zielort des gemeinsam zu gründenden Herzzentrums auserkoren war. Die Eheleute gaben sich die Hand, die Kinder ebenfalls. Dr. Tobias und Annika Lauer, Professor Dr. Korbinian und Sara Scholl, Johannes und Jonas, Albertus und Anna machten einen Spaziergang durch das Werdenfelser Land. Sie bewunderten den Anblick von Zugspitze, Alpspitze und Wank, als eine Gruppe sichtlich betuchter Pensionäre an ihnen vorbeispazierte.

»Alles potentielle Patienten«, sagte Korbinian augenzwinkernd zu Tobias.

Tobias lächelte, und Sara beobachtete ihn verstohlen. Was für ein vielschichtiges Lächeln, dachte sie insgeheim. Nett und lauernd zugleich.

»Ach was«, antwortete Korbinian später, als er sich mit seiner Frau über die Erlebnisse des Tages unterhielt. »Tobias ist nett, einfach nur nett. Er hat eine nette Frau und ebenso nette Kinder. Und sein Gesicht hat etwas beinahe Kindliches.«

Sara nickte.

»Es ist schön, wie er mit seinen Kindern umgeht«, sagte sie. »Er mag sie, und sie mögen ihn. Aber dennoch gibt es einen Zug in seinem Gesicht, der mich befremdet.«

»Sara, in welchem menschlichen Gesicht ist ein solcher Zug nicht zu finden? Was glaubst du, was Lauers über uns denken?«, antwortete Korbinian.

»Es gibt Unterschiede«, warf Sara ein.

Korbinian überlegte.

»Wir haben nicht sehr viele Optionen«, sagte er dann.

Sara lächelte nachdenklich.

Einige hundert Kilometer entfernt reflektierte die Familie Lauer dieses erste Zusammentreffen. Annika blickte nachdenklich vor sich hin.

»Glaubst du wirklich, dass er der richtige Partner für Dich ist?«, fragte sie ihren Ehemann.

»Ganz sicher«, antwortete Tobias. »Er ist nett und sehr gut ausgebildet. Er wird viele Patienten an uns binden.«

Annika lächelte vielsagend.

»Vielleicht ist genau das ein Problem«, sagte sie dann.

»Warum?«, fragte Tobias.

»Überleg doch mal«, erwiderte Annika leise. »Dr. Tobias Lauer – Professor Dr. Korbinian Scholl. Was meinst du wohl, wen sich die Patienten im Zweifelsfall als Arzt auswählen werden?«

Tobias antwortete prompt und scharf:

»Annika, das ist Unsinn. Wir sind in dieser Gegend sehr viel besser verwurzelt. Ob Korbinian Professor ist oder nicht, das interessiert hier keinen Menschen. Im Gegenteil, er wird es zunächst schwer haben, Fuß zu fassen. Wir müssen ihm helfen.«

»Er sieht nicht gerade aus wie jemand, der Hilfe benötigt«, erwiderte Annika ironisch.

»Annika«, sagte Tobias Lauer, »Korbinian hat zurzeit große Probleme in seiner Abteilung. Er wird froh und dankbar sein, wenn er hier einsteigen kann.«

Annika horchte auf.

»Warum hat er Probleme?«, fragte sie.

»Er wird gemobbt«, antwortete Tobias.

»Aber warum?«, fragte Annika weiter. »Meistens sind am Mobbing ja beide Seiten beteiligt.«

»Bei den Vögeln mobben die Krähen die Bussarde«, sagte Tobias. »Da sind dann zwar auch Krähen und Bussarde beteiligt, aber die Bussarde werden wegen ihrer Größe und ihrer Stärke attackiert.«

»Und einen solchen Raubvogel willst du dir jetzt ins Nest setzen?«, fragte Annika.

»Ich glaube nicht, dass unser Klinikum auf Dauer ohne diese Kollegen überleben kann«, erwiderte ihr Ehemann.

»Ich finde es primär viel wichtiger, dass wir selbst gut leben können«, sagte Annika. Sie überlegte. »Du musst es wissen«, sagte sie schließlich. »Immerhin scheinen sich unsere Kinder gut zu verstehen.«

Tobias nickte.

»Und ihre Väter auch«, fügte er lächelnd hinzu und beendete damit das Gespräch.

Es war eine denkwürdige Feier. Vertreter von Politik und Wirtschaft waren geladen, evangelische und katholische Geistliche segneten die Räumlichkeiten und betonten die Bedeutung des neu entstandenen Herzzentrums für die Menschen in der Region. »Möge Ihren Patienten Menschlichkeit widerfahren«, sagte eine kachektische evangelische Geistliche mit langen braunen Haaren in salbungsvollem Ton. Der korpulente katholische Geistliche hingegen verwies auf Jesus und seine unendliche Barmherzigkeit. Ein ökumenischer Gottesdienst wurde abgehalten, ein neues Kunstwerk wurde eingeweiht. Der stolze Landrat hielt eine Rede:

»… So ist es uns gelungen, mit Herrn Dr. Tobias Lauer und Herrn Professor Dr. Korbinian Scholl zwei ausgewiesene Experten für unsere Region zu gewinnen. Herr Dr. Lauer ist Kardiologe, in der Region aufgewachsen und hat ihr die Treue gehalten, Herr Professor Scholl ist ein erfolgreicher Herzchirurg aus einer deutschen Universitätsklinik, der sich entschlossen hat, der Universität den Rücken zu kehren und unsere wunderschöne Region mit seiner ärztlichen Kompetenz zu unterstützen.«

Alle Augen richteten sich auf Korbinian, Annika Lauers Augen richteten sich auf ihren Ehemann. Korbinian lächelte und nickte dem Landrat freundlich zu. Als dessen Rede zu Ende war, scharten sich die Besucher um Korbinian Scholl und stellten ihm zahlreiche Fragen. Tobias Lauer stand neben seinem Kollegen und schüttelte die Hände seiner Bekannten, die sich dann schnell dem großen Unbekannten zuwandten. Besonders den Frauen war das Interesse anzumerken. »Herr Professor, immer wenn ich mich anstrenge, habe ich hier unter der Brust so ein Brennen, kann das vom Herzen kommen?« »Herr Professor, ich habe Vorhofflimmern, ist das gefährlich?« »Herr Professor, meine Herzklappe ist undicht. Darf ich mich in Ihrer Sprechstunde anmelden?« »Herr Professor, Herr Professor …« Annika Lauer lächelte am Abend süffisant und meinte:

»Ich hatte heute nicht den Eindruck, dass der Professorentitel deines Kollegen hier keinen Menschen interessiert.«

Tobias schwieg.

Eine Zeit der Ruhe begann für Korbinian und seine Familie. Sie waren in das Werdenfelser Land gezogen und führten ein neues Leben außerhalb der Städte. »Flucht in die Provinz« nannten seine ehemaligen Kollegen diesen Schritt, und Korbinian und Sara ließen es sich gefallen. Die Familie Scholl begann noch einmal von vorn. Wieder avancierte Korbinian schnell. Viele Patienten vertrauten sich ihm an, viele Operationen gelangen, viele Sympathien waren ihm sicher. Die örtlichen Service-Clubs bemühten sich um

Korbinian, und er trat Rotary International bei. Dr. Tobias Lauer wurde nicht gefragt. Seine Frau Annika lächelte böse.

Dann betrat Herr Stamm die Ambulanz des Herz- und Gefäßzentrums, ein kräftiger Politiker mit einem standesgemäßen Bauch, CSU, ein Prachtbayer aus dem Bilderbuch. Stamm und die Familie Lauer kannten sich seit Langem.

»Ich kenne dich, seitdem du so groß bist«, sagte Stamm und hielt seine Hand einen halben Meter über den Boden. Tobias lächelte.

»Und jetzt sind unsere Kinder wieder genauso groß«, antwortete er. »Wir leben einfach in einer wunderbaren Gegend. Die Menschen kennen sich und haben Interesse füreinander.«

»Ist es nicht so?«, erwiderte Stamm und lachte breit. »Doch nun zum Thema. Hier sind die Unterlagen. Voruntersuchungen in München, Erweiterung der Bauchaorta, ein Stent ist notwendig. Für gewöhnlich lässt man so etwas ja in München machen. Aber nachdem wir jetzt hier so aufgerüstet haben…« Wieder lachte er.

Tobias setzte sich auf.

»Ich operiere Sie sehr gerne vor Ort«, sagte er bestimmt.

Stamm antwortete mit einer sichtlichen Verlegenheit:

»Tobias, ich wäre dir sehr dankbar, wenn dein Kollege Herr Professor Scholl die Operation durchführen könnte. Man hört ja nur Gutes.«

Tobias zuckte zusammen. Er ließ sich allerdings nichts anmerken.

»Einverstanden, Herr Stamm«, antwortete er. »Ich werde im Sekretariat einen OP-Termin bei meinem Kollegen Scholl für Sie vereinbaren«.

»Wunderbar«, sagte Herr Stamm und zwinkerte Tobias Lauer zu. »Fließt ja sowieso alles in einen Topf, nicht wahr?«

Floss alles in einen Topf? Nicht wirklich. Aber der Topf an sich wurde größer und größer. Korbinian Scholl erhielt den größten

Teil des Geldes, da er auch die meisten Patienten behandelte. Die Operation von Herrn Stamm gelang hervorragend. »Gute Arbeit, Herr Professor«, sagte der CSU-Politiker zum Abschied. Das sprach sich herum. Die Abteilung wuchs. Davon profitierten andere Abteilungen. Die Klinik wuchs.

»Die Werdenfelser Erfolgsstory«, titelte die örtliche Presse. Tobias und Korbinian lächelten gemeinsam in die Kamera, einen neuen Stent in der Hand, eine neue Herzklappe, ein neues Zertifikat. Was auch immer es gerade in der Herzmedizin Neues gab – zu zweit, gemeinsam mit ihren Oberärzten, mit ihrer beider operativem Geschick und Korbinians universitären Qualifikationen führten sie es ein. Dr. Tobias Lauer und Professor Dr. Korbinian Scholl.

Tobias gab sich Mühe, Annikas Blicken standzuhalten, aber das Thema dominierte die häuslichen Gespräche. Annikas Ehrgeiz war getroffen, das über Jahre gereifte Selbstverständnis, einen der stärksten Männer des Werdenfelser Landes geheiratet zu haben, die Eitelkeit einer kleinen, borniertten Welt, eines engen Horizontes, den die Berge verstellten. Kleinlich – oder doch weit? Die Menschen auf dem Land und die Menschen in der Stadt. Borniertheit gegen weltmännisches Denken? Übersicht gegen Verwirrung? Und die Berge? Enger Horizont oder weite Sicht auf das Monumentale? Gipfelblicke? Kleinlich oder weit? Man weiß es nicht. Korbinian fühlte all das, er lächelte Annika zu. Sie errötete, und Tobias litt noch mehr.

Kapitel 4

Jonas war älter geworden, der Kindheit entwachsen, er begann zu beobachten und zu bewerten. Er begann, über die Welt der Erwachsenen nachzusinnen, über eine Welt, verstrickt in Eitelkeiten und belanglose Konkurrenzkämpfe, in den verächtlichen Streit um Futterplätze, in kleingeistige Neidereien und bedeutungslose Betrachtungen. Aber noch war der Blickwinkel des liebenden Kindes nicht ganz verloren gegangen, noch versuchte er, mit dem Herzen eines Kindes zu verstehen, warum seine Mutter in letzter Zeit so häufig seinen Vater korrigierte, ihm über den Mund fuhr, warum sie so oft unzufrieden wirkte. Er verstand es nicht. Es ging ihnen doch gut, sie lebten in einer schönen Gegend, sie waren gesund, hatten ein schönes Haus und genug zu essen. Welches Kind wäre unter diesen Voraussetzungen nicht glücklich?

Jonas betrachtete seinen Vater, dessen Gesicht sich veränderte. Es wurde härter. Ihre gemeinsamen Unternehmungen wurden seltener. Sein Vater saß jetzt oft am Wochenende im Arbeitszimmer und blickte nachdenklich vor sich hin. Der Ton zwischen den Eltern war schärfer geworden, weniger liebevoll. Warum? Was war geschehen? In den Diskussionen fiel öfters der Name Scholl. Was hatte es mit diesem Mann auf sich? Jonas verstand es nicht. Offenbar funktionierte im Beruf seines Vaters alles sehr gut, offenbar wuchs das Krankenhaus, wuchs das Herzzentrum, wuchsen die Patientenzahlen, wuchs der Ruf der Institution. Aber wenn in der öffentlichen Diskussion ein Name für dieses Wachstum verantwortlich gezeichnet wurde, dann war es der Name Scholl. Professor Dr. Korbinian Scholl. Vielen war das ein Dorn im Auge, nicht nur Annika Lauer. Auch von den Kollegen reagierten manche empfindlich, redeten hinter hervorgehaltener Hand auf Tobias ein, dass er sich diesen Schnösel nicht mehr gefallen lassen solle, dass er sich wehren müsse gegen die Dominanz, gegen diesen Fremdling, der kommt und sich alles nimmt, was ihm nicht zusteht.

Tobias hörte zu. Er wusste, dass das Gehörte nicht den Tatsachen entsprach. Er wusste auch, dass im Gegenteil Korbinian Scholl ihn selbst immer wieder in Szene zu setzen suchte, seine operativen Fähigkeiten lobte, seinen Teamgeist. Er wusste zudem, dass Korbinian niemals ein böses oder intrigantes Wort über ihn verlieren würde, dass er in ihm einen Freund hatte, der ihn niemals verraten würde. Das hatte er längst durchschaut. Aber Tobias war ehrgeizig, und im Ehrgeiz erlischt die Fairness. Die Wahrheit verliert an Bedeutung. Die Flüsterstimmen dominieren. Die Intrige blüht. Die Menschen werden brutal. Tobias wurde brutal.

Nach außen hin war er nett, besang ihre Freundschaft, lächelte Korbinian an. Im Hintergrund aber wob er das Netz der Intrige. Zwischen den beiden Ärzten existierte eine ungeschriebene Übereinkunft zur Arbeitsteilung, zur gegenseitigen Hilfe in brenzligen Situationen, die es in der Medizin immer gibt. Der eine vermochte dieses besser, der andere jenes, und das beiderseitige Commitment war die komplementäre Arbeitsweise, die bedingungslose Unterstützung. In der Medizin ist sie unerlässlich, alternativlos, conditio sine qua non.

Keiner kann alles, Erfolg hat man nur als Mannschaft, ähnlich wie im Fußball. Alle können irgendwie mit dem Ball umgehen, aber der eine ist besser in der Abwehr, der andere im Sturm, der Dritte im Mittelfeld. So ist in der Herzmedizin der eine Arzt stärker in der Ultraschalldiagnostik, der zweite in der invasiven Kardiologie, der dritte in der Angiologie und der vierte in der Elektrophysiologie. Natürlich gibt es immer auch diejenigen, welche überzeugt davon sind, auf allen Positionen glänzen zu können, und unter den deutschen Ärzten des beginnenden 21. Jahrhunderts, die in einem egoistischen Rausch sozialisiert wurden, sind sie leider sehr zahlreich. An dieser Stelle könnten die Ärzte vom Gegenwartsfußball lernen, viel lernen. Aber sie tun es nicht – oder eben doch nur sehr langsam.

Tobias absentierte sich, wenn Unterstützung notwendig war. Korbinian hatte im Herz- und Gefäßzentrum komplexe Techniken eingeführt, brisant, gefährlich, mit einem hohen Komplikationsrisiko. Das hatte sein Renommee vor Ort begründet und potenziert, aber er war in vielerlei Hinsicht auf die Zusammenarbeit mit Tobias angewiesen. Und er wandelte damit auf einem schmalen Grad.

Die Technik des perkutanen Aortenklappenersatzes hatte in die Herzmedizin des 21. Jahrhunderts Einzug gehalten. Die verengte Herzklappe wurde dabei durch die Leistenarterie ersetzt, auf eine Eröffnung des Brustkorbes wurde verzichtet. Man legte einen Zugang in die Arterie, eine sogenannte Schleuse, und führte einen Ballon über einen Draht zum Herzen und über die verengte Herzklappe. Der Ballon wurde aufgedehnt, und die verengte Herzklappe wurde zur Seite gedrückt. Schließlich wurde eine Gefäßstütze, ein sogenannter Stent, über die aufgedehnte Herzklappe gelegt und dort entfaltet. Der Stent trug die neue Herzklappe, eine Rinderklappe, die sich exakt in der Ebene der natürlichen Aortenklappe entfaltete. Schließlich wurde das System entfernt, und die Leiste wurde vernäht. Das Verfahren war für betagte und inoperable Patienten ein enormer Fortschritt, ein Quantensprung in der medizinischen Therapie. Es vermied die typischen Komplikationen der postoperativen Intensivmedizin, Immobilisation und Muskelabbau, Lungenentzündungen durch protrahierte Beatmung, Durchgangssyndrome … wenn es gelang.

Es gelang oft, aber nicht immer. Die statistische Todesrate im Krankenhaus lag bei fünf Prozent. Das bedeutet, fünf von 100 Patienten verstarben entweder am Eingriff selbst oder an seinen Folgen. Verzichtete man auf den Eingriff, lag die Sterblichkeit der hochgradigen Aortenklappenstenose innerhalb eines Jahres bei 50 Prozent, die Hälfte der Patienten war bei konservativer Behandlung also nach einem Jahr tot. Statistisch war die Ausgangssituation klar, die Zahlen sprachen eine eindeutige Sprache. Aber die Patienten waren alt, und das Verfahren war teuer. Dreißigtausend Euro für den Krankenhausaufenthalt eines über Achtzigjährigen, eines Octogenerian, wie man neuhochdeutsch sagte. Die Diskussionen waren vorhersehbar. Im Zuge der demographischen Entwicklung in Deutschland wurden die sich abzeichnenden Kosten gefürchtet. Wie lange können wir es uns noch leisten, so viel Geld für unsere alten Mitbürgerinnen und

Mitbürger auszugeben, war zu hören, oder, nicht alles, was technisch machbar ist, ist auch notwendig und gut.

Lobbyisten unterschiedlichster Façon mischten sich in die Diskussionen ein, Fachgesellschaften, Politik und Krankenkassen äußerten sich. Meinungen galten hier wie dort, denn die neuen Behandlungsmethoden entwickelten sich parallel zu den Diskussionen über aktive Sterbehilfe und gemeinsam mit der Zunahme von Demenzerkrankungen in einer alternden Gesellschaft. Vieles blieb unklar, aber eines war klar: Die Patienten standen nicht im Zentrum der Überlegungen. Ein 80-jahriger Mensch, der noch gerne lebt, weil er seine Enkel und Urenkel aufwachsen sieht, weil er die Berge und die Bäume liebt und klare Luft atmet, weil er die Kraft in sich fühlt, eine Hütte zu erwandern, mit einer Bank davor, von der aus er den Horizont und die Silhouetten der Berge ruhig betrachtet – ein solcher Mensch hat es verdient zu leben. Jeder Mensch hat es verdient zu leben.

Die Krankenkassen verfolgten einen eigenen Plan. Sie machten für die Bezahlung des perkutanen Aortenklappenersatzes das Vorhandensein einer herzchirurgischen Abteilung an der Klinik zur Voraussetzung. Dabei verwiesen sie auf eine europäische Leitlinie, die in englischer Sprache verfasst war und den Begriff »on-site cardiac surgery« verwendete. Der Begriff war zweideutig. Er ließ die Interpretation einer herzchirurgischen Abteilung vor Ort ebenso zu wie das Vorhandensein eines vollständigen externen herzchirurgischen Teams bei der Prozedur. Letztere Variante nutzte Korbinian Scholl in Kollaboration mit einer externen Herzchirurgie. Zwar war er selbst Herzchirurg, aber eine bettenführende Herzchirurgie war im bayerischen Bettenplan im Werdenfelser Land noch nicht verankert.

Die Krankenkassen interessierten sich nicht für lexikalische Semantik. »On-site cardiac surgery« hieß in der Krankenkassenübersetzung »herzchirurgische Abteilung am Klinikum«. Da es in Deutschland am Anfang des dritten Jahrtausends nur 77 Kliniken mit Herzchirurgie gab, wurde der perkutane Aortenklappenersatz nur an 77 Kliniken bezahlt. Für ländliche Regionen wie das Werdenfelser Land, mehr als hundert Kilometer von einem herzchirurgischen Zentrum entfernt, bedeutete dies, dass die Patienten reisen mussten, wenn sie sich behandeln lassen wollten. Das aber taten sie nur zum Teil. Für einen 60-jährigen ist die Reise zu einer Herzoperation kein Hindernis, keine Frage, er hat noch viele Jahre vor sich, und er lässt sich operieren. Ein hochbetagter Mensch sieht das anders. Seine Lebenskreise sind kleiner geworden, der Horizont enger, die auf Widerruf gestundete Zeit ist sichtbar am Horizont. Die Prioritäten verschieben sich, das Wichtigste sind die Menschen um ihn herum, die Luft, die er atmet, der Stuhl, auf dem er sitzt. Wenn diese Dinge sich verändern, gerinnt das Blut in den Adern und der Lebenswille erlischt.

»Gott sei Dank«, sagten die Krankenkassen (wenn auch nur hinter hervorgehaltener Hand). »Die letzten Lebensjahre sind teuer. Tot sein ist billig.« Das »sozial verträgliche Frühableben« wurde als denkbare Alternative diskutiert. Aktive Sterbehilfe und menschenwürdiges Sterben – diese Themen hielten plötzlich Einzug in die öffentliche Diskussion.

Ethik im Lauf der Menschheitsgeschichte ist eine Frage von Ressourcen. Sie wird hochgehalten und nicht hochgehalten – je nachdem. Wo driftet alles hin? Gibt es ein Ziel? Gibt es auf diesem noch so blauen Planeten, der seine Bahnen einsam in der schwarzen Finsternis beschreibt, für den Menschen ein Ziel? Eine Weltordnung, eine Vollendung in Harmonie und Freundschaft – gibt es das? Vorwärts ins Paradies sozusagen, und eben nicht zurück. Worum wird gerungen im Staatentrubel, im Kampf der Geschlechter, Kampf der Rassen, des Lebens gegen das Leben? Wozu das alles? Ist es nicht folgendermaßen: Wenn es nicht so geschieht, dann geschieht es eben anders. Wo treiben wir hin auf unserem blauen, in das Universum geschossenen Ball? Verstrickt in die Belanglosigkeiten des Alltags treiben wir von welchem Nirwana in welches? Nichts bleibt. Nichts. Alles fließt. Alles. Was gestern wichtig war, ist heute vorbei. Wohin arbeiten sich die Dinge? In welchen Zustand und zu welchem Ziel? Wohin? Wohin?

Wir werden uns auflösen in der Unendlichkeit von Zeit und Raum. Unsere Fußspuren werden verwehen. Jede menschliche Handlung, ob Lebensrettung, ob Mord, ist bis ins Unermessliche relativ. Dennoch hat die Menschheitsgeschichte ihre Engramme überliefert. Eingraviert in Steine, Papiere und Gehirne leiten Sie uns durch das Leben:

Du sollst nicht töten.

Du sollst Vater und Mutter ehren.

Du sollst nicht lügen.

Du sollst kein falsches Zeugnis von dir geben wider deinen Nächsten.

Aus unfassbaren, undurchschaubaren Gründen hatten und haben diese Gebote eine Bedeutung, damals und heute. Sie schützen unsere Mitmenschen, aber sie schützen auch uns selbst. Einmal übertreten, sind die Risse in der Seele kaum mehr zu schließen, ihre Sickerblutungen nur schwer wieder zu stillen. Als wollten sich die Gebote an uns rächen, an ihre Gültigkeit erinnern, ihre Wahrheit unter Beweis stellen.

Korbinian hatte junge Patientinnen gesehen, die nach einer Abtreibung in tiefe Depressionen verfielen, von denen sie sich nie mehr erholten. Er hatte Kollegen gekannt, die sich das Leben nahmen, weil sie Schuldgefühle empfanden, nachdem ein Patient unter ihren Händen verstorben war. Er hatte Ehepaare gesehen, die sich betrogen und später dem Alkohol verfielen. Er hatte Ärzte gesehen, die ihre Kollegen diffamierten und anschließend an ihren eigenen subversiven Talenten zugrunde gingen. Korbinian war von solchen Kollegen gejagt worden. Er hatte junge Mädchen kennengelernt, die sich, aus welchen Gründen auch immer, von ihren Eltern losgesagt hatten und dann in schäbigen Etablissements ihre verbleibenden Lebensjahre absolvierten.

Alles das hatte Korbinian gesehen und durch seine tiefen Augen tatsächlich auch wahrgenommen. Er fühlte sich bei seinem Dienstantritt im Werdenfelser Land gegen die Eventualitäten des Lebens gewappnet.

Dann brach ein Tag im Oktober an. Es war ein traumhaft schöner Tag im Gebirge. Zugspitze, Alpspitze und Karwendelgebirge zeichneten sich in vollendeter Klarheit gegen den makellos blauen Himmel ab. Auf dem Weg zur Arbeit überströmte Korbinian ein Glücksgefühl, und er betrachtete die grandiose Landschaft aus dem Fenster seines Autos. Diese Gegend war jetzt seine Heimat – und vor allem die Heimat seiner Familie.

Korbinian staunte über die Helligkeit des Lichts. Er hatte sein Studium in jener Stadt in Mitteldeutschland absolviert, sechs Jahre in billigen Großstadtmansarden gewohnt, umgeben von Borderline-Persönlichkeiten und vereinsamten Psychopathen, und die Dunkelheit der Straßen war immer noch tief in seinem Gehirn verankert. »Dieses Licht, dieses Licht!« Unwirklich erschien es ihm, unwirklich schön, obwohl er schon in seiner Kindheit in den Bergen immer wieder von eben diesem Licht durchflutet worden war. Er fuhr mit dem Auto an der Isar vorbei, und das Wasser des Flusses war hellblau und klar und reflektierte die Sonne. Die Lerchen hatten sich gelb verfärbt, und ihre Kronen stachen zwischen den immergrünen Nadelbäumen hervor.

Als er im Herzzentrum ankam, parkte er das Auto eine Wegstrecke entfernt, um noch einige Schritte durch die klare Herbstluft gehen zu können. Rechts neben dem Weg plätscherte die Isar, und sie erzählte von ihren Quellen im Karwendelgebirge, von ihrem Weg aus dem Schnee der Berggipfel durch die Berghänge mit den Herbstzeitlosen und Steinpilzen, an den Kuhweiden vorbei bis zum Zusammenlauf der Quellbäche am Fuße des Gebirges. Es waren die schönen Erzählungen des Lebens, denen Korbinian Scholl am Morgen dieses Oktobertages lauschte.

Licht und Schatten sind eng ineinander verwoben. Bei der Frühbesprechung drückten sich Korbinian Scholl und Tobias Lauer die Hand. Korbinian lächelte, Tobias' Hand fühlte sich kühl an.

»Ein spannender Tag heute«, sagte Korbinian.

Tobias wich seinem Blick aus.

»Ja, ich wünsche dir viel Glück«, antwortete er.

Korbinian nickte und ging nach der Frühbesprechung in die Schleuse des Operationssaales, um sich umzuziehen. Er war seit dem Antritt seiner Leitungsposition im Herzzentrum immer sehr gut gekleidet, in Hemd und Krawatte, um der Patienten willen, denen er ein gepflegtes Äußeres vermitteln wollte, damit sie sich gut aufgehoben fühlten. Von einigen Kollegen wurde ihm das als Arroganz und Eitelkeit ausgelegt. Während er seine Kleider über den Haken hängte und in seinem Spint verstaute, dachte er über die Patientin nach, die ihn heute erwartete. Es war eine 85-jährige alte Dame, die er sehr mochte. Im Wein und im Alter liegt die Wahrheit, ging ihm durch den Kopf. Wie unterschiedlich sich die menschlichen Gesichter im Alter entwickeln, wie liebenswert und freundlich die einen aussehen und wie bösartig und unzufrieden die anderen.

Das war nicht mit dem finanziellen Erfolg korreliert. Als Arzt begegnete man den armen bösartigen Patienten ebenso wie den reichen liebenswerten, den armen liebenswerten ebenso wie den reichen bösartigen. Frau Schramm gehörte zu den reichen liebenswerten Patienten. Sie war die elfte Patientin im Werdenfelser Herzzentrum, die von Professor Dr. Korbinian Scholl einen perkutanen Aortenklappenersatz erhalten würde. Die ersten zehn Patienten hatten den Eingriff alle problemlos überstanden. Die Statistik war also aufseiten Korbinians, und er ging mit einer entsprechenden Gelassenheit in den Operationssaal, überzeugt davon, dass sowohl Krankenhausträger als auch Kollegen die Statistiken verinnerlicht hatten, dass die Ärzte, Schwestern, Patienten, Politik, Geschäftsführung, dass sich alle irgendwie

Beteiligten um ihn herum über den Fortschritt für die Region freuen würden, dass sie den Fortschritt wollten, unterstützten, begrüßten. In der Schleuse traf er seinen herz- und gefäßchirurgischen Kollegen Dr. Braun an, der von extern mit seinem Team anreiste, um die Eingriffe zu unterstützen. Dr. Braun redete nicht viel.

»Nette Frau«, sagte er augenzwinkernd, »wir sollten uns Mühe geben.«

Korbinian lachte.

»Wie immer eben«, antwortete er dann.

Korbinian Scholl betrat den Operationssaal mit Stolz. Die Vergangenheit, die Selbstzweifel, die Intrigen des Universitätsklinikums waren Geschichte. Frau Schramm wurde soeben in den Operationssaal geschoben, als Korbinian die Schleuse auf der sterilen Seite verließ. Die beiden hatten vor der Narkoseeinleitung noch Gelegenheit, einige Worte zu wechseln. Sie lächelten in gegenseitiger Sympathie einander zu. Korbinian ergriff ihre Hand.

»Ich kann Ihnen versichern, dass Dr. Braun und ich alles tun werden, um Ihnen zu helfen, Frau Schramm«, sagte er.

Frau Schramm strahlte ihn an. In ihren Augenwinkeln zeichneten sich fächerförmige Fältchen ab. Sie hatte in ihrem langen Leben wohl viel gelacht.

»Sie werden das schon machen, Herr Professor«, sagte sie. »Und wenn nicht, dann schlafe ich eben für immer ein.«

Korbinian blickte sie lange an. Es schien ihm plötzlich, als zögen vor seinen Augen all die Patienten vorüber, die durch seine Hände gegangen waren, die erfolgreich operierten ebenso wie die erfolglos operierten Patienten, Frau Köhler, Herr Ozwana, Frau Kiedrich. Ihm war, als sähe er Herrn Stamm noch einmal mit seinem selbstzufriedenen, dicken Lachen vor sich stehen und als verliehe Frau Fetzer noch einmal ihrer Empörung darüber Ausdruck, dass ein Mensch bei einem herzchirurgischen Eingriff versterben kann. Er ahnte, wie viele Gesichter seinem Gedächtnis entfallen waren und wie viele Patienten und Ereignisse sich doch tief in seinem Innern verankert hatten. Wie viele Menschen hatten durch ihn länger gelebt, wie viele vielleicht auch kürzer? Gab es eine Bilanz, und wenn ja, wer stellte sie auf? Warum flossen seine Gedanken und Erinnerungen im Gesicht dieser Patientin zusammen? Korbinian liebte das Gesicht der Frau. Ihm war, als blickten ihre Augen hinter seine Stirn und rührten an die tiefsten Bezirke seines ärztlichen Seins, als sähen sie die Kraft und die Zweifel, die Empfindsamkeiten und die Härte, die man sich zulegen musste, um weitermachen zu können. Sie war gütig und verständnisvoll, nicht böse, fordernd oder ängstlich. Korbinian gewann den Eindruck, dass sie mehr um ihn fürchtete als um sich selbst, und Rührung stieg in ihm auf, denn er fühlte sich für wenige Augenblicke tatsächlich konfrontiert mit einer seltenen und tiefen Menschlichkeit.

»Liebe Frau Schramm«, sagte er und drückte erneut ihre Hand.

Der Eingriff begann. Frau Schramm wurde auf den Operationstisch umgebettet, und die Anästhesisten begannen mit ihrer Arbeit. Zunächst wurde ein zentraler Zugang am Hals gelegt, das ging leicht, und über diesen Zugang wurden die ersten Narkotika verabreicht. Frau Schramm schlief ein. Die Atemmaske wurde über ihrem Gesicht platziert, die Sauerstoffsättigung des Blutes war normwertig. Ein arterieller Zugang wurde in die Radialarterie geschoben, das Blutdruck-Monitoring zeigte ebenfalls optimale Werte. Frau Schramm wurde intubiert, und das leise, rhythmische Geräusch des Respirators erfüllte den Raum.

Dann begann die Operation. Frau Schramm wurde mit einem roten Desinfektionsmittel flächendeckend eingefärbt, die Leisten wurden desinfiziert. Korbinian Scholl und Herr Dr. Braun entfalteten die blauen sterilen Tücher und legten sie über Frau Schramm. Nur die rötlichen Leisten blieben frei sichtbar und wirkten wie zwei kleine Inseln in einem blauen Meer aus Stoff. Die Raumlichter wurden gelöscht, und die Operationslampen wurden von den Helferinnen auf die Leisten gerichtet.

Die Welt um Korbinian Scholl versank in Dunkelheit, alles Private erlosch, eine tranceartige Ruhe bemächtigte sich seiner, er nahm nichts anderes mehr wahr als das regelmäßige Ticken des Elektrokardiogramms, die roten Hautinseln, den Röntgenschirm und den Operationstisch vor ihm und den Instrumentaltisch hinter ihm. Sein Kollege Braun stand neben ihm und begann die rechte Leiste mit einem Skalpell zu eröffnen. Gegenüber stand ein Operationshelfer, der die entstehende Wunde mit sterilen Haken offenhielt. Abgesehen von leisen Anweisungen an das Team wurde nichts gesprochen. Das Blut füllte die frische Wunde. Es wurde abgesaugt und mit Kompressen getrocknet, bis die Blutung stand. Dr. Braun arbeitete sich mit einer Schere durch das Unterhautfettgewebe in Richtung der Arterie vor. Wenn es blutete, wurden die kleinen blutenden Gefäße elektrisch koaguliert, und es roch nach verbranntem Fleisch. Die Leistenarterie war sehr stark verkalkt, das sonst elastische Gewebe hatte beim Abtasten Ähnlichkeit mit einem Metallrohr. Dr. Braun ertastete eine weiche Stelle und punktierte diese mit einer Nadel. Das Blut spritzte rhythmisch in den Raum und das blaue sterile Operationstuch färbte sich dunkelrot. Die beiden Operateure nickten sich gegenseitig zu. Dann führte Dr. Braun einen Draht durch die hohle Nadel in die Arterie ein und zog die Nadel zurück. Eine kleine Schleuse wurde jetzt über den Draht geschoben, und Korbinian Scholl übernahm die Operation von seinem Kollegen Braun.

Vorsichtig schob Korbinian einen J-Draht mit weicher Spitze über die rechte Leistenarterie in Richtung Herz vor. Der Draht fand seinen Weg nur mühsam durch das stark gewundene Gefäß. »Ein ausgeprägtes Kinking«, sagte Dr. Braun leise. Korbinian nickte. Er wog die verschiedenen Möglichkeiten ab, um das Hindernis zu überwinden. »Wir wechseln auf einen Superstiff-Draht«, sagte er dann. Er ließ sich einen Multipurpose-Katheter reichen, schob diesen vorsichtig über den J-Draht, zog den J-Draht und wechselte auf den Superstiff-Draht, der in der

Bauchaorta zu liegen kam. Korbinian Scholl und Dr. Braun nickten sich zu. »Versuchen wir es«, sagte Dr. Braun. »Die 18 French-Schleuse bitte«, wies Korbinian an, und die leitende Katheterschwester, eine ruhige und besonnene Frau in den Mittfünfzigern, reichte ihm die Schleuse steril an. Die Schleuse hatte den Durchmesser eines Ringfingers, Korbinian nahm sie entgegen, spülte sie mit Kochsalzlösung und legte sie zwischen Frau Schramms Beinen auf den Operationstisch.

Es war still im Saal, die Kollegen von der Anästhesie, die Schwestern, Dr. Braun, alle wussten, dass es schwierig werden würde. Korbinian spürte die Blicke der Anwesenden, von vorne, von der Seite, hinter seinem Rücken. Und wieder beobachtete er dieses seltsame menschliche Phänomen, dass nicht alle Beteiligten zu hoffen schienen, der Eingriff werde gelingen. Eine der Katheterschwestern, klein, blond, räusperte sich bei jedem Hindernis laut, vorwurfsvoll, als würde Korbinian das Leben der Patientin absichtlich gefährden. Eine Taktik der Verunsicherung, die Korbinian mit Wut erfüllte. Er nannte es innerlich die »nationalsozialistische Wesensart«, sprach aber nie darüber. Wäre es nach seinem freien Willen gegangen, hätte er die Mitarbeiterin postwendend vor die Tür gesetzt, aber er wusste sehr gut, dass das nicht möglich war. Der Betriebsrat würde involviert, Fragen würde gestellt, und alles würde als Unterstellung bezeichnet, im Zweifelsfall als Beleidigung. Korbinian würde sich selbst gefährden und den Patienten damit nicht helfen. Er legte folglich alle seine Empfindungen ab und konzentrierte sich auf nichts anderes als auf den Eingriff selbst.

Und der Eingriff gestaltete sich schwierig. Die 18 French-Schleuse ließ sich kaum vorschieben, nur mit sehr viel Kraft. Korbinian mochte die Kraftanwendung nicht. Er wusste, dass das Gewebe fragil war, er wusste, dass er das Gefäß verletzen konnte, und er wusste auch, dass diese Verletzungen gefährlich waren. Es gab aber für die Patientin nur eine einzige Alternative, die sogenannte transapikale Operation, die mit einer Eröffnung der

Herzspitze einherging. In der statistischen Betrachtung war der transapikale Aortenklappenersatz dem transfemoralen Zugang unterlegen. Intrahospitale Sterblichkeit acht Prozent versus vier Porzent – und Korbinian Scholl wusste somit, dass, sollte das Verfahren misslingen, die Patientin im Alternativverfahren einem sehr viel höheren Risiko ausgesetzt war.

Diese statistischen Wahrheiten durchzogen seinen Kopf, während er versuchte, die Schleuse in der Femoralarterie der Patientin zu platzieren. Er wusste, dass der Zugang durch die Leiste der Patientin ein sofortiges Aufstehen ermöglichte, keine Muskelatrophie, keine Immobilität, keine Sekundärkomplikationen. Der transapikale Zugang hingegen bedeutete eine Eröffnung des Brustkorbs, Drainagen, Bettlägerigkeit, Krankenhauskeime, erhöhte Sterblichkeit. Also musste man es versuchen, auch gegen den erhöhten Widerstand des stark kalzifizierten Gefäßes.

»Das ist doch brutal«, sagte die blonde, kleine Katheterschwester.

In diesem Moment gab der Widerstand nach, und die Schleuse arbeitete sich langsam in Richtung Aorta vor. Sie überwand die Bifurkation und glitt mühsam in die Bauchschlagader.

»Die Klappe kann jetzt vorbereitet werden, 29 Millimeter«, rief Dr. Braun halblaut in den Raum.

»Gut«, antwortete die leitende Katheterschwester und reichte die Aortenklappe steril einem weiteren Mitarbeiter, der das sogenannte »Crimping« übernahm. Dabei wurde die Klappe zusammengefaltet und über eine Plastikröhre geschoben, aus der sie später im Herzen der Patientin freigesetzt werden sollte.

In der Zwischenzeit bereiteten Korbinian Scholl und Dr. Braun das »rapid pacing« vor. Sie testeten den passageren Schrittmacher, der von den Narkoseärzten über die Halsvene in der rechten Hauptkammer des Herzens platziert worden war. Sowohl die Wahrnehmung als auch die Reizschwelle des passageren Schrittmachers zeigten einwandfreie Werte.

»Gut«, sagte Korbinian, »jetzt der Pigtail-Katheter«.

Er punktierte die linke Leiste, und wieder spritzte Blut rhythmisch auf das blaue Tuch. Er legte eine diesmal wesentlich kleinere Schleuse in die Arterie und führte durch die Hauptschlagader einen Katheter auf die Herzklappe, der wie ein Schweineschwanz gebogen war, um das Gewebe nicht zu verletzen. Korbinian sondierte eine der Taschen der Aortenklappe, die akoronare Tasche, und stellte die Klappenebene mit Kontrastmittel dar. Man sah die Klappe gut, die Darstellung war einwandfrei, die Ebene geeignet. Korbinian und Dr. Braun nickten.

»Jetzt die Ballonvalvuloplastie«, sagte Dr. Braun.

Die beiden führten einen linken Amplatz-Katheter in die aufsteigende Aorta ein und versuchten dann, mit einem weichen Stiff-Draht das verbliebene Ostium der Aortenklappe zu sondieren. Vorher gaben sie Heparin, um das Blut zu verdünnen. Die Passage der Aortenklappe gestaltete sich sehr schwierig, die Klappe war eng, sie wechselten sich ab, und es war Dr. Braun, dem es schließlich gelang.

»Sehr gut«, sagte Korbinian und übernahm die Operation wieder.

Er führte den geraden Stiff-Draht bis zur Spitze der linken Herzkammer vor, schob den Amplatz-Katheter hinterher, wechselte auf einen überlangen Draht und schob über diesen einen zweiten Pigtail-Katheter bis zur Spitze des linken Herzens. Es war nun von entscheidender Bedeutung, den Katheter so zu platzieren, dass sich die Rundung des Katheters sanft in die Spitze der linken Herzkammer schmiegte. Als diese Position gefunden war, wechselte Korbinian auf den gebogenen Superstiff-Draht. Er bog ihn selbst so vor, dass sich seine Spitze ebenso weich in die Herzspitze legen würde wie der Katheter, denn er wusste aus der Erfahrung vergangener Eingriffe, dass dieser Schritt sehr entscheidend war und dass er für den Fall einer unzureichenden Ausführung für die Patienten tödlich enden konnte. Der Draht übte, wenn er nicht optimal lag, die Wirkung eines Messers aus und schnitt durch den Druck bei der Passage der neuen Herzklappe durch die Aorta die linke Herzkammer in der Spitze auseinander. Korbinian hatte auch das erlebt, er wusste, dass in diesem Fall für den Patienten alle Hilfe zu spät kam. Zwar konnte man versuchen, den Brustkorb notfallmäßig zu eröffnen und eine Naht über dem Herzen anzulegen, aber erfahrungsgemäß riss das Herz wie ein Reißverschluss auseinander, und alle Versuche, diesen Prozess zu stoppen, beschleunigten ihn stattdessen.

Doch auch dieser Schritt gelang. Korbinian zog in einer gegenläufigen Bewegung den Pigtail-Katheter zurück und beließ den Superstiff-Draht im Herzen. Das Ergebnis dokumentierte er fluoroskopisch. Inzwischen war das Crimping der Herzklappe abgeschlossen, und die Klappe wurde angereicht. Dr. Braun führte sie mit aller Vorsicht über den Stiff-Draht, um eine Kontamination zu vermeiden. Die beiden Operateure schoben die Herzklappe gemeinsam über die Aorta in Richtung der Klappenebene vor. Einer der beiden fixierte den Draht, der andere schob.

Die Klappe arbeitete sich langsam nach vorne, durch die Schleuse in die Femoralarterie, die Beckenarterie, die Bifurkation, die absteigende Aorta und über den Aortenbogen und die aufsteigende Aorta in die Ebene der verkalkten und durch den Ballon verdrängten Aortenklappe. Nachdem die Position in der Röntgendurchleuchtung optimiert worden war, begann Dr. Braun sie von der Leiste aus am Bedienhebel langsam aufzudrehen. Der Stent entfaltete sich im Ausflusstrakt der linken Herzkammer. Korbinian Scholl versuchte, die Herzklappe in Position zu halten. Auch dieser Schritt war nicht leicht, denn die Herzklappe setzte sich im Ausflusstrakt der linken Herzkammer nicht richtig fest. Der sich entfaltende Stent wurde in die Herzkammer hineingezogen, und wenn Korbinian dieser spontanen Bewegung zu viel Kraft entgegensetzte, bestand die Gefahr, dass die Herzklappe in die aufsteigende Aorta dislozierte. Dann rückte der Tod erneut in greifbare Nähe, denn der Stent schob in dieser falschen Position die Aorta auseinander, der Aortenklappenring wurde auseinandergedrückt, die im Rahmen der Valvuloplastie zerstörte ursprüngliche Klappe wurde hochgradig undicht. Eine akute Herzinsuffizienz mit Dekompensation und Lungenödem war die Folge, der Patient verstarb meist noch auf dem Tisch.

Aber auch dieser Schritt gelang. Der Stent entfaltete sich in der richtigen Position, die neue Herzklappe saß an der richtigen Stelle. Der Blutdruck stabilisierte sich, der Rhythmus blieb konstant. Kein AV-Block, kein Kammerflimmern, keine Perikardtamponade. Korbinian war innerlich froh und stolz. Er lächelte Herrn Dr. Braun zu.

»Wir sind noch nicht fertig«, sagte dieser.

Korbinian nickte. In den Gesichtern einiger der Anwesenden war die Enttäuschung über den reibungslosen Ablauf abzulesen. Korbinian begann, die Schleuse zu ziehen. Das ging sehr schwer, denn die Schleuse hatte sich in den verkalkten Engstellen der Iliakal- und Femoralgefäße verkeilt. Durch die Scherkräfte zwischen Plastik und Gefäßwand beim Rückzug erhöhte sich der Widerstand, und Korbinian musste viel Kraft aufwenden, um die Schleuse aus dem Körper zu entfernen. Sehr viel Kraft. Zu viel Kraft. Plötzlich war im Operationssaal ein Knall zu hören. Zunächst wusste niemand diesen Knall zuzuordnen.

»Die Patientin ist jetzt drucklos«, stellte der Anästhesist nüchtern fest.

Korbinian wurde unter seiner Gesichtsmaske blass.

»Ich glaube, die Arterie ist eingerissen, bitte drücken!«, rief er laut.

Die umstehenden Mitarbeiter begannen mit der Wiederbelebung. Alles musste jetzt sehr schnell geschehen, oder das Leben von Frau Schramm war zu Ende. Ihre Überlebenschancen waren auf ein Minimum geschrumpft. Korbinian verfiel in einen tranceartigen Zustand. In Sekundenschnelle durchzuckten vielfältige Gedanken sein Gehirn. Zunächst die Ursache für den plötzlichen Kreislaufstillstand. Knall, Asystolie, Reanimation, schwer zu ziehende Schleuse – das musste eine Gefäßruptur sein. Dann die Möglichkeiten zu reagieren. Es blutete in hoher Geschwindigkeit in den Bauchraum, etwa 0,5 bis 1 Liter pro Minute, und es blieb eine einzige Chance: Schleuse, Ballon und die komplette Okklusion der Bauchschlagader.

»9F Schleuse und 18mm Ballon, bitte schnell!«, rief Korbinian laut.

Die leitende Herzkatheterschwester riss die geforderten Utensilien aus dem Schrank. Korbinian drehte sich um und nahm sie entgegen. In den Augen der kleinen blonden Schwester bemerkte er ein triumphierendes Glimmen. Er ballte innerlich die Fäuste, aber für weitere Reaktionen war keine Zeit. Er nahm die 9F Schleuse in die rechte Hand und wechselte sie über einen langen Draht in Seldingertechnik schnellstmöglich gegen die 6F Schleuse in der linken Leiste. Dann schob er den Ballon über die implantierte 9F Schleuse in die Bauchaorta und insufflierte Luft in den Ballon, um die Hauptschlagader zu blocken. Die Blutung stand. Die Reanimationsbemühungen der Kollegen waren jetzt insofern erfolgreich als ein Minimalkreislauf wiederhergestellt werden konnte.

»Der Blutdruck liegt bei 70/50 mmHg«, sagte der Anästhesist emotionslos.

»Wie lange war sie asystol?«, fragte Korbinian.

»Maximal ein bis zwei Minuaten«, sagte der Anästhesist.

Dr. Braun und Prof. Dr. Scholl wechselten die Plätze. Der Gefäßchirurg übernahm das Kommando. Er erweiterte den Schnitt in der Leiste mit einem Skalpell und versuchte schnellstmöglich, die Leistenarterie bis an ihre gerissenen Enden freizupräparieren. Ziel war der Einsatz einer Prothese und die Vernähung des proximalen und distalen Endes der Arterie mit der Prothese. Frau Schramms Zustand aber verschlechterte sich weiter.

»60/40 mmHg«, sagte der Anästhesist tonlos. »Katecholamine auf Anschlag, quasi Dauerreanimation, Blutkonserven werden angeliefert«.

»Warum?«, fragte Dr. Braun.

Korbinian schüttelte langsam den Kopf.

»Der Blutverlust in das Becken ist zu groß«, sagte er leise.

Das Gesicht der Patientin zog wieder vor seinem inneren Auge vorbei, die letzten Sätze, die sie beide gewechselt hatten, die Sympathie, die er empfunden hatte. Wieder wurde ihm sehr schmerzhaft bewusst, dass er die Erwartungen nicht erfüllen konnte. Wieder wurden alle Bilder der Vergangenheit in ihm gegenwärtig, die Verluste und Niederlagen. Wie in Trance nahm er die Gehässigkeit wahr, mit der einige der Anwesenden im Raum sein erneutes Versagen abstraften.

Frau Schramm starb langsam unter Korbinian Scholls Händen, trotz der operativen Bemühungen von Herrn Dr. Braun, trotz der Blutkonserven, die verabreicht wurden, trotz des Ballons in der Aorta, trotz aller Gedanken, Bemühungen, körperlichen Anstrengungen des Anästhesisten, des Gefäßchirurgen, des Herzchirurgen. Die Parzen löschten das Licht, schnitten den Faden ab, und alle Bemühungen, das Feuer wieder zu entfachen und den Faden wieder zu spinnen, scheiterten brutal.

An der Tür stand Tobias Lauer mit glühenden Augen. Er betrachtete gespannt die hämodynamischen Messungen auf dem Monitor, den immer schlechter werdenden systolischen Blutdruck, die immer seltener werdenden rhythmischen Impulse, das einsetzende Kammerflimmern, die mehrfachen Defibrillationen, die erneute Herzdruckmassage, die Nulllinie und schließlich – den Tod.

Kapitel 5

»Ich kündige dir hiermit offiziell die Zusammenarbeit, um einen größeren Schaden von der Abteilung abzuwenden«, sagte Tobias zu Korbinian.

Er stand groß und triumphierend in Korbinians Zimmer. Korbinian saß an seinem Schreibtisch, blass, mit entsetzten, halonierten Augen. Er sah müde aus, traurig, verzagt und fahl. Frau Schramms Leiche war noch am selben Nachmittag der Staatsanwaltschaft übergeben und obduziert worden. Das Verfahren wurde am nächsten Tag eingestellt, die Staatsanwaltschaft sah kein juristisches Verschulden, die Aufklärung war adäquat erfolgt, es handelte sich um einen Hochrisikoeingriff, der Tod war statistisch wahrscheinlich, es gab keine juristische Handhabe. Juristisch war alles einwandfrei. Juristisch.

»Die Gerüchte über dich haben sich bestätigt. Ich muss erkennen, dass ich einen Fehler gemacht habe«, sagte Tobias und blickte seinem Kollegen mit heuchlerischem Ernst in die Augen.

Nur schwer konnte er das Gefühl des Triumphes verbergen, die unvermutet ausbrechende Wut, die sich in den letzten Wochen in ihm aufgestaut hatte, weil sich seine Patienten Korbinian so zahlreich zuwandten und weil seine Ehefrau Annika ihn so verächtlich behandelt hatte. Tief in seinem Inneren, in den Bezirken des gefallenen Engels, flammte ein zerstörerischer Hass gegen seinen Kollegen und Freund auf. Aber als zivilisierter, akademisch gebildeter und ethisch sozialisierter Mensch versachlichte er diesen Hass und benutzte rationale Argumente, um sich seines Konkurrenten zu entledigen und Korbinian in das berufliche Nichts zu stürzen.

Korbinian Scholl, der große, gutaussehende Mann mit der dunklen Stimme, saß an seinem Schreibtisch wie ein tödlich verwundetes Tier. Er nahm den Hass in Tobias' Augen wahr, und er empfand ihn als gerecht und angemessen – denn Korbinian hasste sich selbst. Er hasste seine Unzulänglichkeit und seine Unfähigkeit, den geliebten Patienten zu helfen. Er hasste seine Fehler, hasste die unschwer zu erkennende Tatsache, dass er als Arzt nicht perfekt war, dass es Komplikationen gab. Todesfälle, Unberechenbarkeit des Lebens, Endlichkeit des Lebens, Schicksalhaftigkeit. Seinen Kollegen Tobias Lauer nahm er dabei nur eingeschränkt wahr, als Baustein eines Mosaiks, als Faser eines Netzes, in das Tobias eingewoben war, und das ihn selbst umfing als das Netz der Unzulänglichkeit alles menschlichen Handels. Er nickte.

»Wahrscheinlich hast du recht, Tobias«, sagte er leise. »Wahrscheinlich ist es besser aufzuhören.«

Tobias wuchs im Türrahmen, tierische Hormone richteten ihn auf, strafften sein Rückgrat. Er füllte gefühlsmäßig das ganze Zimmer seines Kollegen aus und drückte ihn gegen die Wand. Dabei empfand er keine Scham seinen eigenen Gefühlen gegenüber, er empfand auch kein Bedauern oder Mitleid mit seinem Freund, kein Mitgefühl für Korbinians Situation. Nein, er empfand nur ein Gefühl des animalischen Triumphes, und sonst nichts.

Einem fantasievollen Beobachter wären Szenen aus dem Circus Maximus in den Sinn gekommen, aus dem Kolosseum, in denen der siegreiche Gladiator nach dem Daumen des Imperators blickt, Tod oder Schonung – und der Daumen zeigt abwärts. Oder Szenen, in denen Raubkatzen über der erjagten Beute kurzfristig posieren, innehalten, um dann mit den Eckzähnen die Halsschlagadern der Beute zu zerreißen. So posierte Tobias über Korbinian. Und wie die Raubkatze entschloss er sich zum Zubeißen.

»Also beenden wir hiermit unsere Zusammenarbeit«, sagte er kurz. »Bitte teile morgen früh deine Entscheidung der Geschäftsführung mit.« Er zögerte. Für einen kurzen Augenblick keimte ein Nachdenken über die eventuellen Konsequenzen seines Handelns in ihm auf. »Es tut mir fast ein wenig leid«, sagte er dann und reichte Korbinian die Hand.

Reflexartig schlug Korbinian ein.

Das Verfahren wurde abgewickelt. Gespräche wurden geführt, meistens über Korbinians Kopf hinweg. Wenn er dabei sein durfte, saß er blass auf seinem Stuhl und nickte. Er dachte an seine Frau und seine Kinder, Anna und Albertus. Die beiden waren jetzt zehn und zwölf Jahre alt. Albertus war zu ihm gekommen, hatte sich neben ihn gesetzt, seine kleine Hand auf Korbinians große Schulter gelegt und gefragt:

»Papa, bist du traurig wegen der alten Frau?« Korbinian hatte genickt und Albertus hatte nachgedacht: »Aber jeder Mensch muss irgendwann sterben, oder?«

»Du hast recht, Albertus«, antwortete Korbinian. »Aber wenn dein Papa einen Patienten operiert, der dann im Anschluss stirbt, dann sagen eben viele, dass dein Papa schuld daran ist.«

Albertus überlegte.

»Du hast schon so vielen Patienten geholfen, Papa«, sagte er dann. »Und die Patienten sind doch sehr krank. Du operierst sie ja nicht zum Spaß.«

Korbinian blickte seinen kleinen Sohn an und nahm ihn in den Arm.

Trotz dieser kindlichen Wahrheiten, die jeder Mensch versteht, wurde das Verfahren abgewickelt. Korbinians Vertrag wurde gekündigt, fristgerecht und formal einwandfrei. Zu seinem eigenen Schutz (selbstverständlich) wurde er bis zum Ablauf der Kündigungsfrist von allen Operationen freigestellt. Er nahm nur noch an den Visiten teil, lief mit den Kollegen über die Station und wurde behandelt wie ein Aussätziger. Der gefallene, gescheiterte Herzchirurg Professor Dr. Korbinian Scholl, ein Herzchirurg am Tiefpunkt seiner Karriere, beruflich endgültig am Boden zerstört. Wenn er um eine Ecke des Klinikums bog und zu einer Gruppe von Schwestern und Kollegen trat, dann löste sich die Gruppe auf. Er empfing ein allenfalls frostiges Kopfnicken zum Gruß. In dunklen Stunden fühlte er sich wie ein überführter Mörder, und diese dunklen Stunden wurden häufiger und mehr.

Korbinian hätte kämpfen können, ja, kämpfen müssen. Das Leben ist im Grundsatz brutal angelegt, darwinistisch, survival, the fittest. Korbinian hätte nicht aufgeben müssen, es gab kein juristisches Verschulden, und die persönlichen Katastrophen werden im Rauschen der Zeit vergessen. Ein Mensch testet aus, wie viel er dem anderen zumuten kann, und eine defensive Geste des Gegenübers verleiht ihm ein Gefühl der Macht. Ähnlich einem Hund, der zubeißt, wenn er spürt, dass sein Opfer ängstlich ist.

Korbinian hätte sich aufrichten, die Beine strecken, die Muskulatur anspannen und Haltung annehmen können. Groß hätte er seinem Gegner entgegentreten müssen, stark und ungebrochen. Aber er war eben nicht mehr stark und ungebrochen, er war schwach und gebrochen, weich geklopft durch die Niederlagen in Vergangenheit und Gegenwart. Theoretisch wäre auch jetzt noch Rettung möglich gewesen, Unterstützung vonseiten der Kollegen, Nachdenken über die Themen Menschlichkeit und Güte, Hilfe und Freundschaft. Korbinian war an einem Punkt angelangt, an dem es nur noch wenige Auswege gibt, und sie kommen zufällig, überraschend, von außen. Andere Ereignisse und schicksalhafte Wendungen aggravieren auch. Wer am Abgrund steht, bleibt entweder stehen, oder er geht einen Schritt nach vorne oder einen Schritt zurück, aus verschiedenen und unvorhersehbaren Gründen.

Sara war müde von den Niederlagen ihres Mannes, welche viel Kraft und Geld kosteten. Sie war müde von ihren eigenen, tröstenden Worten und ihrer ehemals unerschütterlichen Zuversicht ihrem starken Ehemann gegenüber, die wieder und wieder enttäuscht worden war. Sie sah ihn jetzt mit anderen Augen. Die Jahre der Verliebtheit waren vorbei. Sara sah die Fehler, die Korbinian machte, sah die erschlaffenden und enttäuschten Züge in seinem ehemals so jungen, kraftvollen und unternehmungslustigen Gesicht.

Dann sah sie eines Tages das Gesicht eines anderen, verheirateten, starken Mannes, Sportwarenverkäufer, dynamisch, muskulös. Und als dieser Mann plötzlich und unverhohlen um sie warb, gab sie sich hin. Sie wollte einmal wieder leben und lachen, einmal glücklich sein. Korbinian verstand – und umarmte seine Kinder.

Kapitel 6

Es dauerte zwei Tage, bis der Lawinensuchtrupp Korbinian Scholls Leiche aus dem Eis bergen konnte. Er war bei höchster Lawinenwarnstufe mit seinen Tourenskiern aufgebrochen, hatte Albertus und Anna geküsst und Sara zugenickt. Sara hatte den Kopf geschüttelt, aber nichts gesagt. Dann brach Korbinian Scholl langsam und bestimmt zu seinem letzten Ausflug in die Berge auf. Es hatte in den vergangenen Tagen stark geschneit, jetzt aber waren die Wolken verschwunden, und die Sonne hatte mit der ihr im März eigenen Vehemenz das Regiment übernommen. Es taute im Tal, der Schnee war nass und schwer und fiel in großen Klumpen von den Bäumen.

Der nasse Schnee erschwerte den Aufstieg. Aber Korbinian Scholl ging weiter. Er schwitzte und atmete tief. Gedanken und Bilder durchzogen sein Gehirn, mehr und mehr, schneller und schneller. Patienten, Operationen, seine Familie, seine Kinder, der Sportwarenverkäufer, seine Frau. Sein Herz hämmerte in der Brust. Wie oft war ein menschliches Herz seinetwegen stehen geblieben? Wie oft hatte es seinetwegen weitergeschlagen? Und sein eigenes Herz. Wie lange würde es noch schlagen?

Der Schnee reflektierte die Sonne, es war hell, der Himmel war blau, die Landschaft unendlich schön. Sein Sohn Albertus kam ihm in den Sinn. »Du operierst die Patienten ja nicht zum Spaß«. Wie lieb das war, und wie unendlich klug. Wie einfach, und wie wahr! Jaja, sein Leben war dunkel geworden, sehr dunkel sogar, ein Blick in einen Tunnel, tief und finster. Aber wenn man lange genug hineinblickte, dann war am Ende dieses Tunnels ein Licht zu sehen, seine Kinder, seine Tochter, sein Sohn. The light at the end of the tunnel is the light of the incoming train. Seine Kinder waren das Licht am Ende des Tunnels. Als Korbinian dort oben stand, auf diesem Vorsprung unterhalb der Steilwand, sah er seine Kinder vor dem geistigen Auge, er wollte sich in Richtung dieses Lichts in Bewegung setzen, nach Hause gehen und sie umarmen.

Urplötzlich ertönte das Dröhnen der Lawine. Dann ging alles sehr schnell.

Sie trafen sich auf der Beerdigung, Sara, Albertus und Anna Scholl, Tobias und Annika Lauer, Johanna und Jonas Lauer, Dr. Braun, Schwestern, Pfleger, Kolleginnen und Kollegen aus der Klinik, der Sportwarenverkäufer, Herr Stamm, viele der Patienten, deren Herz noch schlug, weil es einst von dem Verstorbenen operiert worden war. Es war wieder kalt geworden, Schnee lag über dem Friedhof, das Grab war dunkel und tief, der Sarg hell und nüchtern. Die Worte des Pfarrers wehten leise und unwirklich mit dem eisigen Winterwind darüber hinweg:

»Wir haben uns heute versammelt, um Professor Dr. Korbinian Scholl zu verabschieden, unseren beliebten Herzmediziner und Familienvater, der vor wenigen Tagen bei einem tragischen Unfall ums Leben gekommen ist.«

Die Trauergäste senkten ihre Blicke. Inoffiziell wurde der tragische Unfall im Werdenfelser Land als Selbsttötung gehandelt. Keiner der Trauergäste wollte deshalb die Blicke des anderen treffen. Aber einige der zu Boden gesenkten Augen hatten sich bei den ersten Worten des Pfarrers auch mit Tränen gefüllt.

Groß und rund liefen sie über Albertus' und Annas Wangen. Die beiden hatten jetzt keinen Papa mehr, der sie in den Arm nehmen und trösten konnte. Und dieser Verlust erschien ihnen so unfassbar, so unermesslich groß und traurig, dass sie die Welt um sich herum seit Tagen nur noch durch den Schleier ihrer Tränen wahrnahmen. Den tröstenden Worte ihrer Mutter wohnte zum ersten Mal in Albertus' und Annas Leben etwas Unechtes, Falsches inne, weil sie sich geheimnisvoll mit dem Klang der Stimme jenes Sportwarenverkäufers mischten, der sie anekelte und ihre Trauer verstärkte, anstatt sie zu lindern. Natürlich hatten sie die Spannungen bemerkt, die in den letzten Wochen und Monaten auf ihrem Vater lasteten, natürlich war er nervös gewesen und hin und wieder ungeduldig und brüsk. Aber immer hatten sie seine Liebe empfunden, die bedingungslose, uneingeschränkte Liebe eines Vaters zu Tochter und Sohn.

An dieser Liebe messen Kinder ihre Eltern, an dieser Liebe messen Kinder Erwachsene, und an dieser Liebe misst sich möglicherweise das Leben generell. Andere Dinge sind von relativem Wert – und diese Erkenntnis ist tatsächlich sehr frontal. Denn in jenen Stunden am Grab des Korbinian Scholl betrachtete Jonas Lauer das Gesicht seines Vaters Tobias. Er hörte dabei die Worte des Pfarrers:

»Professor Scholl war bei seinen Kollegen und Mitarbeitern außerordentlich beliebt, und heute ist sein engster Vertrauter Herr Dr. Lauer hier, um ihm die letzte Ehre zu erweisen.«

Jonas betrachtete seinen Vater von der Seite. Er sah wie Tobias Lauer ernst nickte und dabei die Wirkung dieses Nickens auf die Mitmenschen mit den Augen scannte. Er sah, wie schnell und mühelos sein Vater die zurückliegenden Monate, die Konkurrenz und die Intrigen im Bewusstsein des Todes seines Widersachers von seinem Seelenleben abstreifen konnte, und wie schmiegsam ihm das bigotte Gutmenschentum eignete. Jonas sah das Gesicht seines Vaters – und zum ersten Mal in seinem Leben sah er es so, wie es wirklich war. Das tat weh. Es tat so unheimlich weh.

Albertus hingegen betrachtete das Gesicht seiner Mutter, und er nahm den unendlichen Schmerz in ihren Augen wahr.

Die Bilder ihres gemeinsamen Lebens zogen an Sara vorüber, das erste Zusammentreffen in jener Studentenkneipe in Mainz, seine Stimme, seine tiefe, wohlklingende und fröhliche Stimme, und seine Ideen von Zukunft und Familie. Sie dachte auch an ihre Hochzeit in jener oberschwäbischen Barockkirche, an die Geburt ihrer beiden Kinder Albertus und Anna und an die großen Hoffnungen und Verheißungen der ersten Jahre seiner beruflichen Laufbahn. Sie dachte an seine Küsse und ihre Erwiderung. Dann kamen ihr jene dunklen Stunden in den Sinn, in denen sie Korbinian trösten musste, in denen er Schwächen zeigte, bis hin zum Neuanfang im Werdenfelser Land, ihre beruflichen und sozialen Erfolge, die erneuten Schwierigkeiten und ihrer beider Entfremdung.

Jetzt schien ihr das dunkle Grab im weißen Schnee unwirklich, als müsste es nicht ausgehoben sein, als könne sie die Uhr zurückdrehen und, gemeinsam mit Korbinian, alles noch einmal ganz anders machen. Sie kannte das gleiche Gefühl von einem Verkehrsunfall, der Jahre zurücklag, den sie selbst verschuldet hatte, in einem einzigen Augenblick der Fehleinschätzung, einem Wimpernzucken der Unachtsamkeit, und der beinahe ihr ganzes Leben von einem Augenblick zum anderen völlig verändert hätte, wenn ein Mensch dabei gestorben wäre. Sara erinnerte sich, wie sie aus dem Auto gestiegen war, wie sie für kurze Zeit geglaubt hatte, der Fahrer des anderen Autos müsse sehr schwer verletzt oder tot sein, aber sie könne die Uhr ja zurückdrehen und den sinnlosen Unfall ungeschehen machen. Sekunden später wurde ihr dann bewusst, dass die Zeit sich nicht zurückdrehen ließ, dass sie selbst einer Art Sinnestäuschung unterlegen war und dass sich in den nächsten Sekunden entscheiden würde, ob ihr Leben innerhalb eines einzigen Augenblicks eine dramatische Wendung nehmen würde, ob sie schuld am Tode eines Menschen war. Sie war es nicht. Die Autotür öffnete sich, und ein junger türkischer Mann stieg aus, schüchtern, schuldbewusst, eine Platzwunde an der Stirn. Nach Erklärung verständnisvoll, kein böses Wort, versöhnlich schlichtend von Beginn an.

War Sara jetzt schuld am Tod eines Menschen? Am Tod ihres Mannes? Sein letztes Nicken kam ihr in den Sinn. War er mit dem festen Vorsatz aufgestiegen, sich das Leben zu nehmen? Oder war ihm ein zufälliges Naturschauspiel zum Verhängnis geworden? Eine Lawine, die eine erneute Annäherung und gegenseitiges Verzeihen für immer ausschloss? Die Zeit ließ sich nicht zurückdrehen, das wurde ihr erneut sehr schmerzlich bewusst. Sie weinte.

Albertus betrachtete seine Mutter, und er betrachtete alle Menschen um ihn herum. Er trauerte um seinen Vater, der in dem tiefen Grab lag und ihn nun nicht mehr in den Arm nehmen konnte. Er wusste plötzlich, dass es nicht mehr viele Menschen auf der Erde gab, die er wirklich liebte. Vielleicht seine Schwester Anna, die neben ihm stand, ebenfalls tränenüberströmt, klein, blond und jung. Ja, sie liebte er sehr. Es wurde ihm auch zum ersten Mal bewusst, dass es einen Unterschied zwischen Kindern und Erwachsenen gab, der in der Differenz von Schuld und Unschuld sein Wesen hatte, von selbstverschuldetem Glück und Unglück, von heute und gestern. Und wie jedes andere Kind, wie jeder andere junge Mensch urteilte Albertus schonungslos, ohne Gnade, ohne das spätere Wissen, dass im Laufe eines Menschenlebens viele Prüfungen zum besseren Bestehen vorgelegt wurden. Albertus urteilte direkt, ohne Berücksichtigung des Kontextes. Sein Urteil fiel vernichtend aus.

Was ging in Annika Lauer vor? Abgesehen von dem generellen Gefühl des Unbehagens, das angesichts des Todes an sich in ihr wühlte, empfand sie in erster Linie ein Gefühl des Triumphes. Ihr Ehemann hatte sich durchgesetzt, hatte sich als das stärkere Individuum erwiesen, Doktor gegen Professor, Platzhirsch, Zwanzigender im Werdenfelser Land, ein Mann von überlegener Durchschlagskraft, ihr Mann – und diese Wahrnehmung erfüllte sie mit Stolz. Die religiöse Sozialisierung nötigte ihr zwar eine betroffene und mitleidige Mimik ab, aber insgeheim hätte sie jubeln mögen, denn ihre Vorstellungen und Träume waren wahr geworden. Ihr Ehemann, dessen Hand sie ergriff und drückte, hatte den Professor für Herzchirurgie besiegt.

Und der Sportwarenverkäufer? Er sah die Frau, mit der er geschlafen hatte, die er einem Professor für Herzchirurgie ausgespannt und weggenommen hatte, in Trauer und Tränen aufgelöst. Er sah ihre Kinder, die ihn hassten, und er sah die anderen Gäste der Beerdigung, die ihn mit Verachtung straften. Diese Dinge nahm er irritiert zur Kenntnis, und erstmals seit Beginn seiner für ihn so schmeichelhaften Affäre mit Sara Scholl keimten Rückzugsgedanken in ihm auf.

Was ging in den anderen Trauergästen vor? Was war mit den Arbeitskollegen, den Freunden, was dachten die? Sie sahen einen Arzt, der in ihren Augen gescheitert war und den Freitod gewählt hatte. Sie sahen einen Menschen im Abgrund und dachten daran, wie hart und brutal das Leben ist und wie gut es war, dass es sie selbst noch nicht in dieser Weise getroffen hatte. Sie würden nach Hause gehen, und einige Wochen etwas zum Nachdenken und zum Reden haben und dann das Thema ablegen. Der nächste Arzt würde kommen, sein Bestes tun, gut oder schlecht, wer weiß? Sie hatten bei dem Thema Korbinian Scholl auch nicht wirklich etwas zu gewinnen oder zu verlieren, es war eine Episode in ihrem Leben, mehr nicht. Ja, das Leben war hart, und hier war eine Story, die es zu erzählen und diskutieren galt. Sie dachten aber während der Beerdigung schon wieder an die Tomaten, die sie im Anschluss auf dem Markt erwerben wollten, dachten dann wieder, wie schlimm all das für die Familie Scholl sein musste, und dann wieder, wie teuer das Fleisch auf dem Markt war und welche Beilagen für das Abendessen noch fehlten. Das war übrigens gut so, denn alles schreitet voran, und alle Menschen sind irgendwann nur noch vergessene Phänomene im Rauschen der Zeit.

»… Und so nehmen wir Abschied von unserem geliebten Arzt, Kollegen und Familienvater Professor Dr. Korbinian Scholl. Gehet hin in Frieden. Im Namen des Vaters und des Sohnes und des heiligen Geistes. Amen.«

Sie gingen und warteten auf eine Absolution, die niemals erteilt werden würde.